AF340226

MAX KRÖMER

OU

UN ÉPISODE DU SIÈGE DE STRASBOURG

EN 1870

RÉCIT POUR LA JEUNESSE

PAR L'AUTEUR DE

LA RUE DES PÈLERINS

Traduit de l'anglais.

LAUSANNE

BLANC, IMER ET LEBET, LIBRAIRES-ÉDITEURS

PARIS

| LIBR. DE LA SUISSE ROM. | MEYRUEIS | GRASSART |
| rue de Seine, 33. | rue des Saints-Pères. | 2, rue Jacob, 2. |

1871

FRIEDRICH KLINCKSIECK

LIBRAIRE DE L'INSTITUT IMPÉRIAL DE FRANCE.

11, RUE DE LILLE, PARIS.

MAX KRÖMER

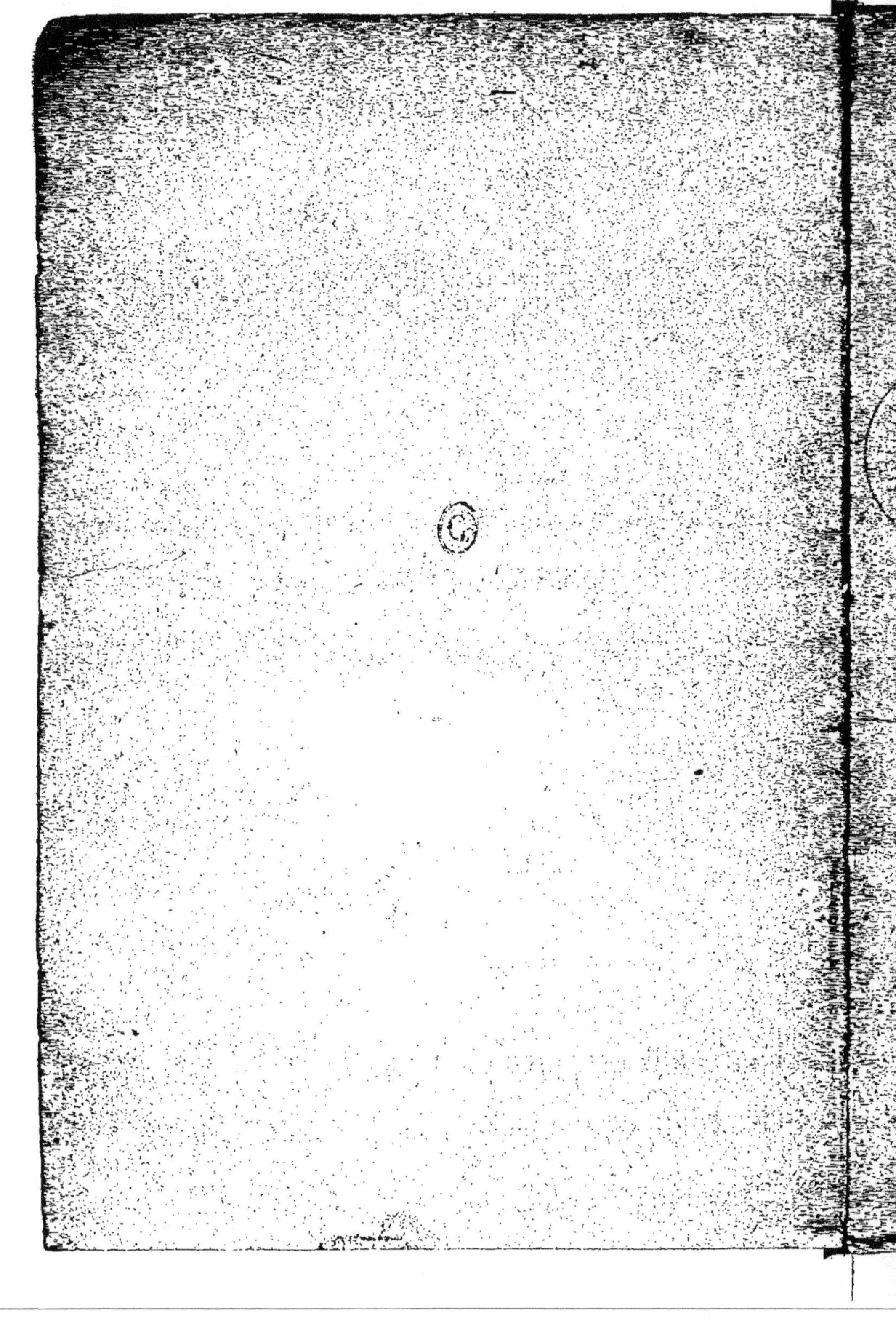

MAX KRÖMER

OU

UN ÉPISODE DU SIÈGE DE STRASBOURG

EN 1870

Récit pour la jeunesse,

PAR L'AUTEUR DE

LA RUE DES PÈLERINS.

Traduit de l'anglais.

LAUSANNE
HOWARD-DELISLE, IMPRIMEUR-ÉDITEUR

1871

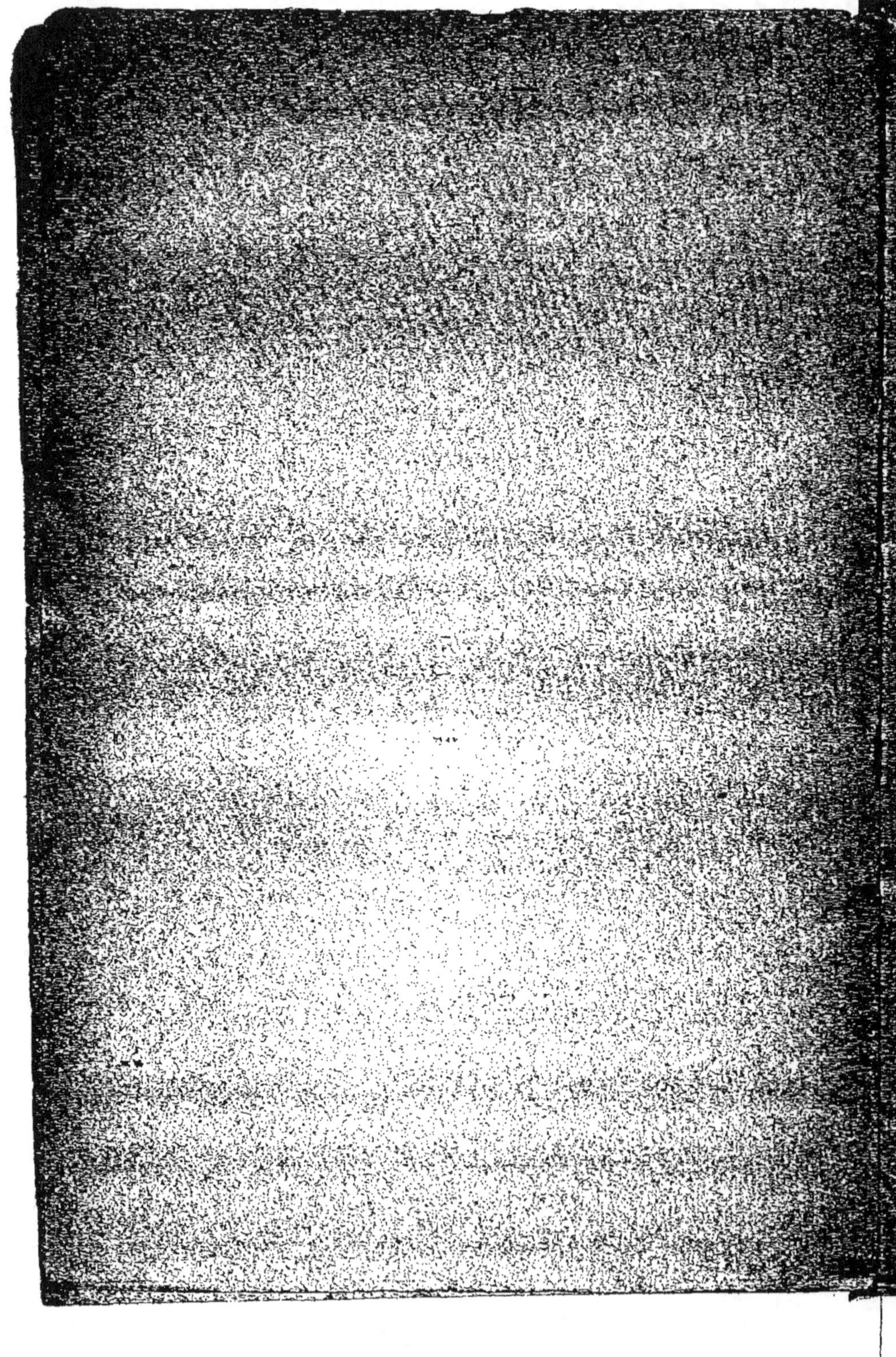

MAX KRÖMER

ou

UN ÉPISODE DU SIÉGE DE STRASBOURG

BIBLIOTHÈQUE NATIONALE R.F. IMPRIMÉ

CHAPITRE PREMIER

C'est moi, Max Krömer, qui veux vous faire le récit des six semaines du siége de Strasbourg, ainsi que des souffrances et des dangers par lesquels nous dûmes passer l'année dernière.

Sylvie et moi sommes nés en Angleterre, car notre mère était une Anglaise qui avait épousé un docteur Krömer de Strasbourg, mais vivant en Angleterre. Il se joignait souvent à des expéditions pour explorer des contrées inconnues, comme de savants et riches anglais en entreprennent quelquefois pour l'avancement de la science et de la géographie. Notre chère mère était morte depuis deux années déjà, quand mon père accepta une nouvelle invitation pour se joindre à quelques explorateurs qui s'en allaient au-delà des sources du Nil, il fut décidé, à notre grande satisfaction à

Sylvie et à moi, qu'on ne nous laisserait pas à Londres, mais que nous irions vivre à Strasbourg chez la mère de notre père. Il y avait là un célèbre collège protestant où je pourrais continuer mes études, et de bonnes écoles pour Sylvie, qui avait dix ans, quatre années de moins que moi.

C'était dans l'année 1870. La maison de ma grand'mère se trouvait située dans un endroit où quatre rues se rencontraient. Elle était très ancienne, bâtie avec d'énormes poutres noircies, en bois de la Forêt-Noire, et les intervalles étaient remplis par des pierres et des briques. Elle avait quatre étages au-dessous du toit, qui était très élevé, comme la plupart des maisons qui nous entouraient, et ne contenait pas moins de trois rangs de mansardes. La plus élevée se trouvait sous la pointe du toit et avait à peu près la forme d'une tente longue et étroite, mais personne n'y demeurait, car elle était excessivement chaude en été et froide en hiver. Dans les deux chambres au-dessous vivaient Lisbeth Bernhard avec sa petite Elsie. Elle gagnait sa vie en repassant, et, à mon avis, sa mansarde était l'endroit le plus agréable de la maison, quoique ma grand'mère secouât toujours la tête à l'idée de la grande quantité de marches qu'il fallait gravir pour y arriver. Mais je disais que ce qu'on voyait de là valait bien la peine que l'on devait se donner pour y parvenir. La croisée était presque aussi large que la chambre et atteignait au plafond, qui n'avait pas plus de six pieds six pouces d'élévation, de sorte que je pouvais facilement le toucher avec la main.

De la fenêtre qui avait les premiers et les derniers rayons du soleil, — aussi il y faisait encore jour quand la rue était déjà plongée dans l'obscurité, — de la fenêtre, dis-je, vous pouviez voir toute la large vallée du Rhin qui s'étend vers le sud, avec les Vosges la bordant d'un côté et les collines du grand-duché de Baden de l'autre, et le fleuve majestueux déroulant ses ondes bleues et continuant sa course vers le nord. A côté de cela, toutes les rues s'étendaient devant vous comme une carte de géographie, et en s'avançant hors de la croisée l'on apercevait la citadelle qui se trouvait à moitié chemin entre la ville et le fleuve. Tout près s'élevaient les toits pointus des maisons voisines avec les étranges fenêtres de leurs mansardes les unes sur les autres; puis l'on voyait plusieurs églises et par-dessus tout le haut clocher de la célèbre cathédrale, avec sa croix de fer de vingt pieds de hauteur atteignant jusqu'aux nuages et ses profondes et fines sculptures se dessinant comme une dentelle délicate contre le ciel bleu.

Au-dessous de la mansarde de Lisbeth vivait un homme âgé qui ne pouvait quitter son lit; c'était elle qui le soignait et qui cuisait sa nourriture, mais nous ne le voyions jamais, comme je vous le dirai plus tard.

Ma grand'mère était tout aussi contente de sa part de la maison que je l'étais de celle de Lisbeth; elle habitait le second et le troisième étage, qui avaient des fenêtres ouvrant sur de beaux balcons qui dominaient la rue; c'était très agréable de s'y

établir le soir, à la fraîcheur, à la fin des belles
soirées d'été, quand tous les habitants allaient et
venaient à nos pieds ou que les soldats de la garnison passaient avec leurs drapeaux et leur musique. Gretchen, la bonne de ma grand'mère, rendait
les balustrades des balcons aussi polies et brillantes
que les beaux meubles de l'intérieur, car elle et sa
maîtresse étaient fières de leur maison et de tout
ce qui s'y trouvait. Ma grand'mère avait vécu là
depuis son mariage, et elle ne croyait pas qu'aucun
autre endroit sur la terre pût y être comparé. Elle
et Gretchen étaient toujours à chercher quelques
grains de poussière ou des taches imaginaires afin
de les enlever, quoique tout fût toujours dans un
ordre parfait. Au commencement, Sylvie et moi
glissions souvent sur les parquets polis et je ne
pouvais prendre sur moi de m'asseoir sur les
couvertures blanches des chaises du salon. C'était
encore là une des raisons pour lesquelles j'aimais
tant les mansardes de Lisbeth.

Lorsque mon père nous quitta il me dit que je
devais être un fils et un protecteur pour ma grand'-
mère, et dès lors je me sentis plus âgé et plus sem-
blable à un homme qu'auparavant. Elle me parlait
aussi comme à une grande personne, et c'était bien
là le meilleur moyen pour me faire abandonner tout
ce qui tenait de l'enfant, comme dit St-Paul.

Il est bien connu — mais je ne l'ai jamais si bien
appris en le lisant dans les livres qu'en le voyant
— que Strasbourg, tout en étant en France, est tout
près de l'Allemagne, n'ayant que le Rhin pour l'en
séparer. Nous étions là, des citoyens français, avec

une garnison française et un gouverneur français,
à vingt minutes à peu près de l'Allemagne. Nous
parlions aussi allemand, et nous avions de bons
amis de l'autre côté du fleuve, des amis qui venaient souvent visiter les gens de Strasbourg, et
que ceux-ci allaient aussi voir à leur tour. Il n'y
avait aucune animosité entre eux, pas plus qu'entre
les Anglais et les Écossais qui vivent en bons voisins, séparés seulement par une ligne sur la carte.
C'était ainsi que nous vivions tous ensemble au
milieu du mois de juillet de l'année passée. Je
suppose que l'empereur, le roi et les hommes d'É-
tat savaient que quelque chose de fâcheux se préparait, mais les habitants de la ville ne se doutaient
de rien. Une semaine seulement avant la déclara-
tion de guerre, les marchés étaient remplis comme
toujours de paysans allemands achetant et vendant,
et apportant de petits présents. Sylvie et moi étions
aussi invités à aller passer la vendange dans une
campagne du grand-duché.

Le jour où l'empereur déclara la guerre à la
Prusse, la plupart d'entre nous ne s'inquiétaient de
rien de plus sérieux que de la pluie qui pourrait
tomber ce jour-là, et serait ainsi le commencement
de quarante jours de mauvais temps pour la moisson, et nous nous représentions peu ce que ces
quarante jours seraient pour nous. Quand la nouvelle arriva, ce fut comme un choc électrique dans
toute la ville. Nous étions là, derrière nos murailles,
dans la plus avancée des forteresses de la France,
pour affronter la tempête qui s'approchait. A travers
nos portes passeraient des milliers et des milliers de

soldats de cette Grande-Armée qui s'écriait alors à Paris : « A Berlin, à Berlin ! »

C'étaient de grands jours ! Toute la ville était agitée, et la garnison était pleine d'ardeur. Ici et là seulement quelques personnes âgées secouaient la tête d'un air triste et découragé, et quand elles nous entendaient dire que les Français seraient à Berlin à la fin du mois, elles murmuraient : « Le bon Dieu seul peut le savoir ! »

Le pont du chemin de fer à travers le Rhin était construit de telle sorte que les deux extrémités pouvaient tourner sur un pivot, de manière que quelques heures de travail pussent entièrement couper les communications entre Strasbourg et Kehl, une petite ville allemande de l'autre côté du fleuve. Les Allemands tournèrent aussitôt leur portion du pont, mais ils ne furent pas encore satisfaits de cette mesure de sûreté. Nous disions à Strasbourg que les Français pourraient aisément remettre le pont en place dès qu'ils auraient pris possession de Kehl, aussi les Allemands se décidèrent-ils à le faire sauter, quoiqu'il leur eût coûté beaucoup d'argent et qu'il faudrait en dépenser tout autant pour le refaire. J'étais à la maison, au salon, préparant mes devoirs pour le lendemain, quand nous entendîmes un bruit effroyable. Nous restâmes immobiles et muets, en nous regardant pendant une minute, puis un second coup de tonnerre nous fit nous précipiter, Sylvie et moi, en haut la longue rampe d'escaliers qui conduisait à la mansarde de Lisbeth.

CHAPITRE II

Le tableau que présentait la mansarde est encore parfaitement clair devant mes yeux, quoique nous ne nous fussions arrêtés qu'un instant, à peine, avant de nous élancer dans l'intérieur. La porte était ouverte et Lisbeth était assise devant sa table à repasser, mais le bonnet qu'elle avait eu à la main était tombé par terre, et elle était là comme une statue, regardant vers la fenêtre ouverte, comme si elle voyait quelque chose de terrible. Elsie, une petite créature pâle et délicate, âgée de cinq ans environ, était assise sur le bord de la fenêtre, la tête couverte d'un petit bonnet blanc, d'où s'échappaient quelques boucles blondes qui entouraient sa figure et tombaient sur son cou. On ne voyait rien absolument que sa petite tête se détachant parfaitement distincte sur le bleu profond du ciel. Elle tricotait aussi tranquillement que si elle n'avait rien entendu, et le soleil brillait sur la laine blanche et sur les aiguilles d'acier qu'elle tenait dans ses mains mignonnes.

— Qu'est-ce qui arrive, Lisbeth ? s'écria Sylvie, pendant que je m'approchais de la fenêtre et me penchais au-dehors, autant que possible, pour voir ce qui se passait. Le brillant soleil de juillet resplendissait sur le large fleuve, avec ses bains et ses curieux moulins, et les deux rives étaient couvertes d'un essaim de gens qui se pressaient pour voir. De moment en moment s'élevait un petit nuage blanc, suivi de l'explosion de la mine, et de nouvelles portions du pont s'écroulaient dans les eaux troublées. Avant qu'il fût longtemps, les derniers vestiges de la maçonnerie tombèrent dans la rivière.

— Ils ont fait sauter leur pont, m'écriai-je; les Allemands savent que nous serons vainqueurs. Hurrah! hurrah!

Ni Lisbeth, ni Sylvie ne me répondirent un mot. Lisbeth poussait de temps en temps un profond soupir et avait l'air de pouvoir à peine respirer; Sylvie était appuyée contre elle, pâle et tremblante. Enfin de grosses larmes coulèrent sur les joues de Lisbeth et tombèrent sur la table, devant elle.

— Quelques-uns d'entre eux sont de bons amis pour moi, dit-elle, et je ne puis supporter l'idée que nous allons être en guerre.

— Il faut qu'eux ou nous soyons vaincus, dis-je.

— Je le suppose, répondit-elle, mais je voudrais savoir pourquoi l'empereur et le roi ne peuvent pas porter leurs querelles devant la cour, comme on nous le fait faire à nous pauvres gens. On ne nous laisse pas arranger nos disputes en nous battant, et je vous le demande, Max, qu'est-ce qui est le pire, que ce soit deux hommes ou deux cent mille qui se donnent des coups?

— Oh Lisbeth! lui dis-je, vous ne comprenez pas du tout la question. La guerre amène la gloire.

— Ah! dit-elle en soupirant, ce n'est pas cette gloire que les anges chantaient quand notre cher Sauveur vint au monde. C'était alors : Gloire à Dieu et paix sur la terre.

Je ne sus que répondre à cela et je me tus.

— Ce ne sera pas une chose glorieuse pour les pauvres, continua Lisbeth, s'il doit y avoir un siége, ce dont Dieu nous préserve! en France et en Allemage, nous autres pauvres gens mourrons par centaines et milliers. La dernière guerre ne fut pas glorieuse pour les pauvres, et celle-ci ne le sera pas non plus, vous verrez, Max.

— Vous souvenez-vous de quelque grande guerre? demandai-je.

— Non, dit-elle; mais mon père était à Phalsbourg quand il fut assiégé par les cosaques en 1813, et s'il vivait encore il vous dirait, Max, ce que la guerre signifie pour les pauvres, les femmes et les enfants. Il n'y a d'ailleurs pas beaucoup de peuples auxquels elle apporte de la gloire.

Je fis semblant de ne pas entendre, et mis de nouveau la tête à la fenêtre pour regarder le pont qui laissait voir alors une grande brèche du côté allemand. Sylvie avait passé son bras autour du cou de Lisbeth, tandis qu'Elsie continuait à tricoter, comme si elle avait dû par là gagner sa vie.

— Que fait Elsie? demanda Sylvie au bout d'un moment; et je retirai ma tête, car j'étais fatigué de rester ainsi penché en-dehors, seulement je ne désirais pas que Lisbeth continuât à parler de la guerre.

La petite fille nous regarda un moment avec ses yeux bleus, un sourire vint sur ses lèvres, et je crus qu'elle allait se mettre à rire joyeusement, mais un air grave et important prit promptement possession de ses traits.

— Je fais un présent de jour de naissance, dit-elle timidément.

— Pour qui ? demanda encore Sylvie.

L'enfant hésita une minute, puis dit d'une voix basse et douce :

— Pour le cher Seigneur Jésus.

— Pour le Seigneur Jésus ! répéta Sylvie, tandis qu'une étrange sensation s'emparait de moi, comme s'il s'agissait d'une chose trop solennelle pour qu'elle pût être dite ou même entendue.

— Oui, dit Lisbeth, Elsie est née le jour de Noël, le même jour que l'enfant Jésus, notre Seigneur. A Noël passé elle me demanda si les petits enfants dans le ciel lui donnaient des présents à son jour de naissance, et je lui dis que je n'en étais pas sûre mais que c'était possible. Et c'est pourquoi elle a appris à tricoter et maintenant elle lui fait une chaude petite veste blanche pour lui donner à Noël prochain[1].

---

[1] L'idée de donner directement quelque chose au Seigneur Jésus, naturelle à un enfant, l'est surtout à un enfant allemand. Chacun se souvient des conversations de Luther avec les enfants, au sujet de l'arbre de Noël. Ces premières associations d'idées sont profondément enracinées dans le cœur des Allemands, chez les pauvres comme chez les riches, et sont répandues par eux dans tout

Elle nous dit tout cela à haute voix et Elsie fit un petit signe de tête approbatif. Puis Lisbeth ajouta d'un ton plus bas, de manière que Sylvie et moi pussions seuls l'entendre :

— Elle pense à lui comme s'il était un petit enfant comme elle, né le même jour, seulement vivant dans le ciel tandis qu'elle est ici à Strasbourg, et elle essaie de lui ressembler.

— Les jours sont longs et brillants, maintenant, dit Elsie aussi gravement qu'une vieille femme, et mon ouvrage ne se salira pas quand je tricote à la lumière du soleil. Quand il sera entièrement fini nous l'envelopperons dans un papier d'argent et nous le soignerons bien jusqu'à Noël; et alors il sera aussi blanc que la neige sur les montagnes. Voyez comme mes mains sont propres et ma robe aussi.

Elle nous montra ses petites mains roses, puis elle se remit à son ouvrage lentement, maille après maille.

— Mais elle ne peut le donner au Seigneur Jésus! dit Sylvie à demi-voix, avant que j'eusse eu le temps de mettre ma main sur sa bouche pour l'arrêter.

— Ne dites rien, dit Lisbeth; vous ne pouvez pas savoir combien cela rend l'enfant tranquille et joyeuse. Et le Seigneur Jésus n'en est pas mécon-

le monde. On raconte l'histoire d'une pauvre famille à laquelle arriva un présent le jour de Noël; les parents ne l'attendaient pas et voulaient le renvoyer, pensant qu'il y avait erreur, mais les enfants dirent que c'était bien pour eux : « Nous savions que cela viendrait, car nous avons écrit une lettre à l'enfant Jésus lui demandant de nous l'envoyer, parce que nous étions si pauvres. »

tent, n'est-ce pas, Max? Il se passera encore un long temps jusqu'à Noël, et peut-être que d'ici là elle sera devenue assez âgée et assez raisonnable pour qu'on puisse lui expliquer ce qui en est. Ma petite fille aime son ouvrage, ajouta-t-elle plus haut.

— Et Jésus sait ce que fait Elsie! dit l'enfant, tandis qu'un doux sourire illuminait sa joyeuse figure.

— Oui, oui, répondit Lisbeth, il en voit chaque maille, et il sait que c'est pour lui; et il prendra soin d'Elsie et de moi pendant cette terrible guerre. Elsie est sa petite sœur et il en prendra bien soin. Nous ne nous effrayerons pas, n'est-ce pas, Elsie?

— Non, jamais! dit l'enfant en levant les yeux de dessus son ouvrage et parlant d'une voix assurée.

J'étais si saisi que je n'aurais pu dire un mot pour sauver ma vie, et au bout d'un moment Lisbeth ajouta d'une voix basse :

— Elle me fait l'effet d'un petit ange quand elle est assise si tranquillement devant la fenêtre. S'il lui arrive d'être le moins du monde méchante, je n'ai qu'à lui dire que le Saint enfant Jésus n'a jamais été comme cela. Quelquefois il me semble que je suis presque aussi heureuse que Marie quand il était en réalité un petit enfant.

Ces choses me paraissaient si singulières que je ne sus que répondre; mais Sylvie n'était pas si timide.

— Oh, Lisbeth! pourquoi appelez-vous Elsie sa petite sœur?

— N'est-il pas le Frère de nous tous, pour qui il est mort? dit-elle doucement. Il dit lui-même que si quelqu'un veut faire la volonté de Dieu, celui-là sera son frère, ou sa mère, ou sa sœur. Et Elsie ne fait-elle pas la volonté de Dieu, lorsqu'elle s'efforce de ressembler à l'enfant Jésus? Si nous savions seulement ce que c'est que de penser à lui, comme à notre Maître et à tous les hommes comme à des frères, il n'y aurait plus de guerre.

J'étais embarrassé, mais Sylvie, qui n'était encore qu'une enfant et avait l'air fatiguée de cette conversation, reprit au bout d'un instant de sa voix naturelle :

— Oh, Lisbeth! demain Max et quelques-uns de ses camarades auront une bataille sur les remparts. Les uns seront des Prussiens venus pour prendre Strasbourg, vous savez, et les autres seront des Français qui les repousseront ou les feront tous prisonniers. J'espère que Max sera un général! Général Max! cela sonne si bien! Et grand'maman dit que Gretchen pourra aller et me prendre avec elle. Oh! je voudrais qu'Elsie vînt aussi avec nous?

— Nous verrons, répondit Lisbeth.

Nous eûmes notre bataille le lendemain. Les remparts sont comme une longue, épaisse et haute digue en terre qui entoure les murs de la ville; la pente en est couverte de fin gazon et une promenade s'étend tout le long du sommet: c'est l'endroit favori des habitants, qui contemplent de là toute la ville à leurs pieds. Nous sortîmes par la porte des Pêcheurs, au-delà de laquelle est un beau faubourg de Strasbourg, nommé la Robertsau, où s'étendaient des avenues de tilleuls et de châtaigniers avec des siéges sous leur ombre; l'on y entendait de la musique, et les gens dansaient, chantaient et se promenaient par cette splendide journée d'été. Mais je remarquai plusieurs groupes où l'on s'entretenait d'un air grave et anxieux; les musiques jouaient des airs militaires et même les femmes et les enfants paraissaient moins gais que de coutume.

Beaucoup de monde se rassembla pour voir notre bataille. Gretchen était là avec son jupon écarlate et son corsage vert, tenant par la main Elsie, dont la longue robe grise et le petit bonnet blanc paraissaient singuliers et jolis à côté des splendeurs de Gretchen. J'étais un des plus âgés des étudiants engagés dans l'affaire, et Fritz et moi tirâmes au sort pour savoir lequel serait le général français et le général prussien. Malheureusement je fus le Prussien; je dis malheureusement, parce que dans la chaleur de la bataille j'oubliai de quel côté j'étais, et je conduisis mes soldats à l'assaut avec une telle ardeur que je vainquis l'armée française avant de m'être souvenu qui nous étions. On rit beaucoup de notre erreur, et un officier qui était présent me frappa sur l'épaule disant que je ferais un bon soldat quand mon tour viendrait. Il ne savait pas que je devais être un citoyen anglais.

En revenant à la maison, Elsie était fatiguée et je la portai une grande partie du chemin, car elle était petite et légère. Gretchen causait avec la femme du boulanger et Sylvie avec quelques-unes de ses amies. Elsie et moi restâmes un peu en arrière. Il se trouvait que l'enfant n'avait pas perdu un mot de ce que nous avions dit dans la mansarde de Lisbeth le jour précédent, et cela lui pesait lourdement sur le cœur.

— Max, me dit-elle de sa douce petite voix, est-il vrai que le Seigneur Jésus n'est plus maintenant un petit enfant comme moi?

— Il l'a été une fois, Elsie, répondis-je, peiné de devoir lui dire cela, mais n'osant pas lui cacher la vérité.

— Mais plus à présent! dit-elle tristement. Combien y a-t-il de temps qu'il était un petit enfant.

— Oh! il y a plusieurs centaines d'années, lui dis-je.

— Alors il doit être extrêmement vieux, dit Elsie d'une voix excessivement troublée. Il a tout à fait oublié ce que c'est que d'être un enfant?

— Oh, non! répondis-je; il n'a pas oublié quand il était comme toi, ni quand il était un jeune garçon comme moi. Personne n'est vieux au ciel. Et, vois-tu Elsie, s'il était un petit enfant comme toi, il n'y aurait personne à qui je dusse tâcher de ressembler, et il n'y aurait eu personne pour mourir sur la croix pour nous, comme il l'a fait. Je dois me demander quelle espèce de garçon il serait s'il vivait maintenant à Strasbourg, comme tu dois penser quel sage enfant il était quand il vivait avec sa mère. Le Seigneur Jésus appartient à chacun de nous, Elsie. Il est le frère aîné de tous les hommes qui veulent venir à lui.

Tout cela vint en un moment dans mon esprit, aussi clair que le jour. La fraternité dont parlent les hommes est bien réelle, ce n'est pas un mot seulement, mais elle est fondée sur Christ. Nous sommes réellement des frères, chacun de nous, parce qu'il est notre Maître.

— Le Seigneur est-il aussi le frère des soldats qui vont combattre avec nous? demanda Elsie.

— Il est le frère de chacun de ceux qui l'aiment, dis-je. La Bible dit quelque part: « Il n'a pas honte de les appeler ses frères. » Oh! j'espère qu'il n'aura jamais honte de moi!

Je ne crois pas que j'eusse pu parler ainsi à quelqu'un d'autre; mais Elsie était un petit enfant et elle me caressait la joue bien tendrement pendant que je lui parlais.

— Est-il meilleur pour lui d'être plus grand que moi? demanda-t-elle.

— Mais, oui, répondis-je, et il peut faire tant de choses pour toi. Tu m'aimes mieux que, si j'étais aussi petit que toi, n'est-ce pas? je puis te porter dans mes bras quand tu es fatiguée. Et il peut faire toutes choses pour toi, Elsie.

— Mais la petite veste sera trop petite, dit-elle en pleurant presque.

— C'est égal, Elsie, répondis-je; il vaut mieux lui faire une petite veste que de ne lui rien donner. Il saura bien qu'en faire.

Elle fut très satisfaite de cela et babilla tout le reste du chemin. Quand je fus tranquille dans ma chambre, ce soir-là, je cherchai un verset dans ma

Bible, et je le trouvai enfin. C'était celui-ci : « Car il était convenable que celui pour qui et par qui sont toutes choses, voulant amener plusieurs enfants à la gloire, consacrât l'auteur de leur salut par les souffrances. Car, et celui qui sanctifie, et ceux qui sont sanctifiés, sont tous d'un, c'est pourquoi il n'a pas honte de les appeler ses frères. » Ce sont des paroles étranges.

CHAPITRE III

Le Seigneur Jésus, par conséquent, était mon frère et l'auteur de mon salut, mon capitaine, comme il y avait dans ma Bible anglaise, et il voulait m'amener à la gloire. Capitaine et gloire, c'étaient deux mots qui étaient souvent sur nos lèvres dans ces temps. Les souffrances devaient nous être connues plus tard.

Après quelques jours d'excitation et d'attente nous eûmes la nouvelle de la première victoire de notre armée. Elle avait passé la frontière et gagné une bataille à Saarbruck. Vous auriez dû voir l'animation et la joie qui régnaient dans les rues de notre vieille cité. Il arrivait des groupes de paysans apportant des fruits et du foin, du bois et des grains comme à la grande foire de l'automne, et les cloches carillonnaient gaiement dans toutes les tours des églises. Mais, quoique l'agitation subsistât toujours, toute la joie disparut au bout d'un jour ou deux. Nous sûmes bientôt que cette victoire n'avait été qu'une bagatelle, et venait d'être suivie d'une double défaite. Les Prussiens avaient repoussé notre armée au-delà de la frontière, et le général Mac-Mahon était en pleine retraite sur Saverne, qui n'était éloi-

gnée de nous que de quelques lieues. Nous apprî-
mes aussi qu'une grande armée avait passé le Rhin
à notre sud et marchait sur Strasbourg. Le tumulte
fut plus grand que jamais. Ma grand'mère ne pouvait plus dormir la nuit à cause du passage incessant des troupes et du son des trompettes dans les
rues. Elle et Gretchen s'occupaient toute la journée
à ôter la poussière qui s'élevait jusqu'à nous au
passage des régiments de cavalerie, tandis que les
balcons d'où Sylvie et moi les regardions passer
étaient dans un état qui brisait presque leur cœur.

Un soir ma grand'mère m'appela dans sa chambre à coucher, au moment où je passais devant sa
porte pour aller dans la mienne. Elle avait l'air
troublée et anxieuse, et sa tête blanche paraissait
bien blanche contre le sombre velours de ses chaises
à hauts dossiers.

— Max, dit-elle, tu es presque assez âgé pour
raisonner maintenant comme un homme. Plus d'un
garçon de ton âge gagne déjà sa vie.

— Oui, lui répondis-je, j'aurai quinze ans le
mois prochain.

— Je suis très embarrassée, continua-t-elle, la
plupart de mes amis s'en vont aussi vite que possible chercher des logements à Appenweier ou à
Offenburg, et à d'autres endroits au-delà du Rhin;
mais tu sais, Max, que je ne puis abandonner ma
maison et mes meubles aux maraudeurs qui vont
bientôt parcourir la ville. Si j'étais sûre qu'il y eût
un danger positif à rester, je t'éloignerais avec

Sylvie; mais il n'est pas probable que ces villages ouverts soient aussi sûrs que Strasbourg.

— Certainement pas, lui dis-je; vous devriez voir nos fortifications, grand'maman, nos remparts, nos bastions et nos lunettes, et notre citadelle! Mais des milliers de gens viennent en ville pour y être en sûreté et ce serait ridicule d'en sortir pour aller dans les villages ennemis. De plus, le général Uhrich a pris le commandement de la garnison, et c'est un brave, vieux militaire. Nous serons parfaitement en sûreté en l'ayant à notre tête!

— Je ne puis pas m'éloigner, reprit ma grand'mère en secouant la tête; mais les voisins me disent de le faire par amour pour vous. Que pourrais-je dire à ton père, Max, si quelque chose vous arrivait à Sylvie ou à toi?

— Et que dirais-je à mon père si quelque chose vous arrivait? demandai-je. Non, restons tous ensemble. Je suis sûr que nous serons mieux ici que de l'autre côté du Rhin. Nos armées vont arriver et repousser les Allemands dans leur pays, et alors que se passera-t-il dans les villages? J'ai parcouru toutes les fortifications et il me paraît impossible que la ville soit prise.

— Tout ceci est bien dur pour une personne de mon âge, dit-elle, tandis que deux ou trois larmes coulaient le long de ses joues; j'ai vécu ici en paix avec Dieu et les hommes pendant cinquante ans, et ce serait bien dur si je ne pouvais y mourir paisiblement.

J'étais très peiné pour elle et je tâchai de l'encourager, mais il n'était pas probable qu'elle pût, pas plus que Lisbeth, comprendre combien de gloire et d'honneur il y avait à vaincre sur un champ de bataille. Moi, qui parcourais la ville et causais souvent avec les soldats de la garnison, je le savais bien mieux qu'elles. Je n'aurais pas quitté Strasbourg en ce moment pour quoi que ce soit qu'on eût pu m'offrir. Ce jour-là on avait publié un décret mettant Strasbourg et les autres villes le long de la frontière en état de siége.

Quelques jours plus tard, au commencement d'août, par une soirée splendide, je m'en allai errer dans les rues, me frayant un chemin à travers la foule qui, ce jour-là et le précédent, n'avait pas cessé d'arriver par la porte de Saverne, comme un flot continu. Il serait difficile d'en donner la moindre idée, c'était une multitude à l'air triste et désolé; chaque individu y paraissait abandonné, tant était grande la détresse. On parlait peu, et personne ne riait. La plupart étaient des paysans qui s'étaient enfuis à la première rumeur de l'approche des Prussiens et qui amenaient avec eux quelques effets et une petite partie de leur bétail, qu'ils avaient pu rassembler à la hâte et sans retarder leur fuite. On y voyait peu d'hommes dans la force de l'âge; et pour une personne paraissant capable de supporter la fatigue et l'effroi, il y en avait une demi-douzaine d'infirmes et d'âgées sans compter les enfants; la plupart avaient l'air abattu et plusieurs pleuraient silencieusement en avançant péniblement avec leurs pieds fatigués. Les seuls qui eussent l'air heureux et qui faisaient entendre parfois un joyeux éclat de rire, étaient les petits enfants perchés sur le haut des chars pesamment chargés et serrant dans leurs bras leur chat ou leur lapin favori. Mais plusieurs même de ces enfants couraient à côté de leurs parents, faisant aller leurs petits pieds nus aussi vite que possible pour pouvoir suivre les personnes plus âgées, et çà et là laissaient sur le pavé une trace de sang, provenant des blessures que leur avaient faites les pierres de la route. Il n'y avait pas beaucoup de gloire dans cette lugubre procession. Comme elle paraissait différente de la marche des régiments avec leurs gais uniformes, leurs bannières déployées et leur musique guerrière ! Et la pensée me vint tout à coup que l'un devait suivre l'autre aussi certainement que la nuit avec sa profonde obscurité suit le jour le plus brillant.

Je m'étais arrêté sur le seuil d'une porte d'où je suivais des yeux un courant continu qui passait devant moi, lorsqu'une jeune fille, paraissant de l'âge de Sylvie, à mes pieds, tomba sur l'escalier, comme si elle était épuisée et incapable de faire un pas de plus. Personne, dans la foule, ne fit attention à elle, on allait, allait toujours, et nul ne la regarda et ne l'encouragea à poursuivre. Sa figure était couverte de poussière et de traces de larmes, et elle avait perdu son bonnet. Elle se tint tout à fait tranquille, regardant attentivement du côté par où l'on entrait et le long de la route qui commençait à s'obscurcir, car le soleil était couché et l'on allait fermer les portes. Au bout d'un moment je me baissai et posai doucement ma main sur son épaule, craignant presque de l'effrayer; elle se retourna et me regarda sans aucune crainte, mais très sérieusement. Ses yeux étaient rouges à force d'avoir pleuré et jamais je n'ai vu une figure exprimant une plus profonde douleur.

— Pourquoi restez-vous seule ici, si longtemps? lui demandai-je.

— J'attends ma mère, dit-elle en se retournant aussitôt pour continuer à surveiller ceux qui passaient; mais la nuit devenait de plus en plus obscure et les remparts l'empêchaient de voir bien loin. Je n'aurais pu reconnaître Sylvie à une petite distance.

— Où est-elle? demandai-je; l'avez-vous perdue?

Mais la petite éclata en sanglots et ne put me répondre; je m'assis à côté d'elle et pris sa petite main rude dans la mienne pour la consoler, si possible, tout au moins pour lui faire comprendre que je voulais être son ami.

— Elle est tombée sur la route, il y a déjà longtemps, dit-elle enfin, et elle n'a pas voulu que je restasse avec elle. Cours Louise, m'a-t-elle dit, cours aussi vite que tu le pourras jusque dans la ville. Je te suivrai dès que je serai un peu reposée. Mais vous voyez, ma mère n'est pas arrivée et elle passera la nuit toute seule, hors des portes.

— Et où est votre père? demandai-je encore, n'est-il pas avec elle?

Mais je crus que la petite fille ne pourrait plus me répondre tellement les sanglots l'étouffaient. Et je ne pouvais rien faire pour elle que de tenir sa main encore plus serrée entre les miennes.

— Il est tué! s'écria-t-elle; on l'a tué comme un espion. Elle pleurait comme si son cœur allait se briser, pendant que le mien devenait lourd comme du plomb et qu'un frisson me parcourait tout entier. On l'a pendu près de Phalsbourg, continuat-elle, comme un espion prussien, mais il n'en était pas un. Il allait seulement voir mon frère qui demeure à Phalsbourg. Nous ne l'avons appris que ce matin, et ma mère était malade au lit. Mais on disait que les Prussiens arrivaient, et elle se leva, et nous courûmes aussi vite que possible jusqu'à ce qu'elle tomba sur la route. Elle n'a pas voulu que je reste avec elle, et maintenant elle sera seule toute la nuit et peut-être que les Prussiens la tueront.

Vous ne devez pas penser que la petite fille me dit tout cela avec suite, comme je viens de l'écrire. Elle disait çà et là un mot au milieu de ses sanglots, tandis que je me penchais pour ne rien perdre. Je ne pus lui persuader de bouger jusqu'à ce que la porte fût fermée, et alors je dus lui promettre d'aller de nouveau avec elle à notre poste d'observation le lendemain, avant l'ouverture des portes. Elle aurait passé la nuit en cet endroit si je ne m'étais pas trouvé auprès d'elle; mais quand il fit tout à fait obscur, elle mit sa main dans la mienne de son propre mouvement, comme Sylvie l'aurait fait, et me dit:

— Menez-moi chez vous.

Je ne savais trop comment ma grand'mère trouverait la chose, mais que pouvais-je faire d'autre? Jésus aurait-il agi autrement s'il avait été à ma place? Elle n'avait point d'amis en ville, et n'était qu'une enfant, comme Sylvie. Cependant je fus un peu inquiet jusqu'à ce que j'eusse tout raconté à ma grand'mère, que je l'eusse priée par amour pour moi de recueillir cette pauvre petite fille abandonnée et qu'elle m'eût répondu après un instant de réflexion :

— Oui, elle n'a qu'à rester avec nous jusqu'à l'arrivée de sa mère.

On lui fit donc un lit dans la chambre de Gretchen, et on lui donna quelques vieux vêtements de Sylvie, et quand elle eut mangé quelque chose elle pleura jusqu'à ce que le sommeil la gagnât, à ce que me dit Sylvie, qui resta jusqu'alors auprès d'elle pour qu'elle ne se sentît pas trop solitaire.

Mais Gretchen n'avait pas l'air de très bonne humeur et s'en allait, marmottant entre ses dents quelque chose sur une *bouche d'extra*, et qu'elle devrait se passer de souper à cause de mes fantaisies.

CHAPITRE IV

Louise et moi passâmes toute la journée du lendemain assis près de la porte de Saverne, excepté un moment où Gretchen vint nous apporter quelque nourriture et où je lui persuadai de prendre ma place pour que je pusse aller voir un peu ce qui se passait en ville. Les fugitifs arrivaient par toutes les portes et parmi eux se trouvait un bon nombre de soldats échappés aux champs de bataille de Saarbrük et de Wörth et venant renforcer notre garnison. A la tombée de la nuit, Louise et moi revînmes à la maison bien fatigués et découragés, car sa mère n'était toujours pas arrivée et nous n'osions pas nous en demander la raison. Je dis qu'elle était peut-être retournée à Saverne, mais Lisbeth secoua tristement la tête sans rien dire. Je comprenais bien ce qu'elle pensait.

Pendant un jour ou deux, Louise persévéra encore dans sa triste tâche, puis Sylvie lui persuada de l'accompagner à l'école où elle trouverait d'autres jeunes filles de Saverne et de Phalsbourg, avec lesquelles elle pourrait parler de ces endroits. Mais quand elle était à la maison, elle se glissait sur un des balcons et regardait dans la rue avec sa petite figure anxieuse, comme si elle cherchait sa mère au milieu de la foule qui circulait à ses pieds. Cela me fendait le cœur quand je la trouvais ainsi en revenant à la maison. Mais sa mère ne reparut jamais.

Pendant tout ce temps, la mansarde de Lisbeth continuait à être mon endroit favori. De là je voyais le camp des Allemands avec ses longues rangées de tentes semblables à des villages, qui avaient paru tout à coup comme des champignons sur la plaine et s'étendaient le long du côté sud de la ville; je savais qu'il en était de même au nord, mais il n'y avait pas de fenêtres de ce côté-là. Pour voir ce camp je devais aller sur les remparts. Quelquefois j'apercevais aussi l'éclat des baïonnettes et des lances, brillant comme un éclair dans les champs éloignés quand les régiments se mettaient en marche pour reprendre possession de leurs tentes.

Ce ne fut que le 17 août, près de trois semaines après que l'état de siége eut été déclaré, que le cercle des ennemis fût complet, et que nous fûmes enfermés tout de bon. Il n'y avait plus moyen maintenant d'entrer dans Strasbourg ou d'en sortir, jusqu'à ce que le maréchal Bazaine vint à notre secours, ou que le général Uhrich avec sa brave garnison parvinssent à repousser les envahisseurs jusqu'au delà du Rhin. Ce qu'il y avait de plus pénible, c'est que c'étaient les troupes de Baden qui nous environnaient, ces gens qui avaient été nos voisins et nos amis pendant tant de paisibles années. Alors encore nous n'avions aucune haine contre eux, chacun disait qu'ils faisaient seulement ce que l'empereur et son armée avaient eu l'intention de faire à leur égard. Nous avions de la peine à croire que tout cela fût bien vrai. Il y avait un mois à peine qu'ils circulaient dans nos rues, vendaient et achetaient, parlaient de leurs vendanges et de notre grande foire de l'automne qui suivrait, et maintenant ils étaient revenus, mais comment? Avec des canons et des bombes et des lignes serrées de soldats, afin d'empêcher la nourriture de nous arriver et nous faire mourir par centaines, soit de faim, soit sur le champ de bataille. Cela paraissait impossible; cela ressemblait davantage à un songe qu'à la réalité.

Un soir, en revenant à la maison un peu avant l'heure du souper, je trouvai des rangées de seaux pleins d'eau préparés à chaque étage, et dans la mansarde de Lisbeth où ce n'était pas peu de chose de transporter de l'eau, chaque ustensile pouvant en contenir en était rempli. Elsie était occupée à faire flotter sur l'un d'eux un petit bateau en coquille de noix que j'avais fait pour elle le soir précédent. Elle jeta quelques gouttes d'eau sur ma figure échauffée en me voyant bondir sur l'escalier, et cria à moitié de frayeur quand je fis un saut de son côté comme si j'étais fâché. Lisbeth se retourna pour voir ce qui arrivait à sa petite fille.

— Pourquoi est-ce faire ? demandai-je en montrant l'eau.

— Le comité de sûreté a ordonné d'en préparer

dans toutes les maisons, dit-elle, afin de pouvoir immédiatement éteindre le feu. On attend à chaque instant le commencement du bombardement.

Je me tins immobile, mon cœur battant bien fort, en partie pour avoir monté si rapidement, mais aussi, je crois, saisi d'une soudaine frayeur. Je comprenais alors plus clairement que je ne l'avais jamais fait auparavant ce que c'est que la guerre, et saisissant Elsie, je la serrai dans mes bras avec un nouveau sentiment de tendresse et de crainte pour elle. Elle paraissait un petit être si fragile pour être dans une ville bombardée; c'était un petit oiseau s'ébattant dans sa cage au milieu d'une maison en feu.

— Elsie, lui dis-je, montre-moi où tu en es à ton tricot?

— Il fait trop nuit pour travailler maintenant, répondit-elle, mais il sera fini à temps. Maman dit qu'elle est sûre qu'il sera fini à temps.

Lisbeth ajouta qu'elle y avançait joliment, et l'enfant le sortit soigneusement du linge qui l'entourait pour me montrer combien il était propre et blanc.

— Vous êtes tout à fait sûr qu'il sait que je le fais? demanda-t-elle bien sérieusement.

— Tout à fait sûr, répondis-je; aussi bien que je le sais moi-même, Elsie.

— Il est temps pour Elsie de chanter son hymne du soir, dit Lisbeth en la prenant sur ses genoux. Elle s'y assit, bien droite, avec ses mains jointes et ses yeux bleus regardant fixement le ciel qui pâlissait et d'où la lumière disparaissait rapidement. Je me souviens bien du verset qu'elle chanta :

> Cache-nous sous ton aile,
> Et demeure à jamais
> Avec nous, Dieu fidèle !
> Pour nous donner ta paix !

Je me détournai pour qu'elles ne vissent pas les larmes qui remplissaient mes yeux et regardai par la fenêtre les feux qui commençaient à briller comme des vers luisants dans le camp des Allemands. Ils s'étendaient au loin, sur la plaine, et je compris tout à coup avec effroi quelle grande armée était venue contre nous.

— Elsie n'a pas peur, disait Lisbeth quand je me retournai vers elles, comme si elle connaissait mes pensées, et j'en fus honteux.

— Non, pas ici, dit la petite fille en se serrant encore plus près de sa mère ; il n'y a rien ici qui puisse m'effrayer.

— C'est ainsi, dit Lisbeth, en me regardant fixement, c'est précisément ainsi que nous sommes dans les bras de Dieu, et il n'y a rien là qui puisse nous effrayer.

— Oh Lisbeth ! m'écriai-je, comment le savez-vous ?

— Une mère peut-elle oublier son enfant ? répondit-elle avec son tranquille sourire, mais quand elle l'oublierait, encore ne t'oublierai-je pas, moi.
— Ne connaissez-vous pas ce verset, Max ?

— Mais, dis-je en montrant le camp des Alle-

mands, son bras les entoure aussi bien que nous.
Il leur dit la même chose.

— Oui, dit Lisbeth, nous sommes comme des
enfants se disputant sur les genoux de leur mère,
elle les entoure tous deux de ses bras, et les aime
autant l'un que l'autre. Mais ce doit être un grand
chagrin pour la mère, ajouta-t-elle doucement en
appuyant sa tête sur les yeux brillants et tout ouverts d'Elsie, et en la balançant dans ses bras jusqu'à ce qu'elle se fût endormie. Alors je m'éloi-
gnai et descendis l'escalier, pensif et troublé.

Y a-t-il des hommes qui croient cela, qui le croient
réellement? Qui croient que nous sommes tous frères, avec un Père dans le ciel et un Frère aîné,
Jésus-Christ. S'ils le croyaient, comment pourrait-il
y avoir encore des guerres ? et cependant, comme
le dit Lisbeth, les enfants d'une même mère se
disputent jusque sur ses genoux.

J'ouvris la porte de notre chambre à manger, où
le souper était servi sur la table, et Gretchen se
tenait debout, derrière la chaise de ma grand'mère.
Toutes les deux paraissaient troublées, et Gretchen
fut la première à m'en dire la cause.

— Nous devons loger un sergent et trois hommes, dit-elle; ils devront dormir dans nos bons lits,
et s'asseoir sur nos chaises. Je n'avais jamais pensé
vivre pour voir des temps pareils ! Que deviendront
nos planchers si bien polis, avec leur démarche
lourde et leurs gros souliers ? Ma maîtresse a of-
fert de payer pour qu'on les loge autre part, mais
on dit qu'entre les paysans et les soldats la ville

est pleine. Je trouvais que c'était bien assez déjà de recueillir Louise; mais quatre hommes grossiers!

Gretchen ne put continuer, car quelque chose l'étouffait, et ma grand'mère ajouta avec un tremblement dans la voix :

— C'est vrai, Max. Je trouve que c'est bien pénible dans notre famille où il n'y a que des femmes et des enfants, mais c'est une des suites de la guerre. Nos maisons ne nous appartiennent plus.

— Doivent-ils manger ici ? demandai-je, car je savais que Gretchen avait acheté des provisions, mais il n'était pas probable qu'elle en eût assez pour quatre hommes.

— Non, dit-elle en retrouvant la voix; ils doivent seulement dormir et vivre ici. Ils prennent leurs repas avec les autres soldats.

— Hé bien ! continuai-je, vous n'avez qu'à leur donner ma chambre qui est la plus grande et ouvre droit sur l'escalier, et vous n'aurez pas grand chose à démêler avec eux. Vous pouvez payer Lisbeth pour la leur mettre en ordre, et vous savez que le plancher n'y est pas aussi brillant que dans les autres chambres, car c'est pourquoi vous me l'avez donnée.

Je vis que mon idée leur plaisait, quoiqu'elles regardassent toujours comme une grande calamité d'avoir ces étrangers sur les bras. Elles parlèrent de cela tout le long du souper, puis Gretchen et moi allâmes faire les arrangements nécessaires; car ces hommes devaient arriver le même soir.

C'était certainement vexant de se dire que les

parquets si brillants allaient être salis et que l'odeur du tabac remplirait la maison; mais ce n'était pas moi qui voulais m'en troubler. J'étais bien aise que des hommes vinssent demeurer chez nous pour pouvoir leur parler, et savoir par eux ce qui se passait dans la citadelle, et quand ils arrivèrent je n'eus aucune raison d'être désappointé. C'étaient des gens rangés, bien disciplinés, qui se tenaient strictement à leur place et ne venaient jamais dans le domaine de ma grand'mère. Je les vis davantage qu'aucun autre membre de la famille, car, étant le seul homme de la maison, c'était moi qui devais aller m'informer s'ils avaient tout ce qu'il leur fallait, et je les rencontrais souvent dans la mansarde de Lisbeth où ils allaient, en partie pour voir Elsie qui était leur favorite, et aussi pour regarder de là le camp ennemi. Ils disaient que pour le côté sud de la ville, c'était un aussi bon observatoire que la cathédrale.

CHAPITRE V

Le 21 août, quatre jours après que l'ennemi nous eût enfermé, me trouvant sous le large passage voûté qui conduisait hors de notre cour, j'y rencontrai le sergent Klein un panier au bras, et Elsie perchée sur son épaule. L'enfant paraissait parfaitement heureuse et me fit un signe joyeux quand je les rejoignis. Le sergent s'avançait plus lentement que d'habitude, il me fit un salut militaire et me dit : Bonjour, monsieur Max.

— Bonjour sergent, répondis-je en ôtant ma casquette, car nous nous aimions beaucoup le sergent et moi.

— Nous allons au marché pour Lisbeth, dit-il, mais sans lui en avoir rien dit. Vous savez qu'elle n'est pas un capitaliste, et il n'y a plus autant de bonnets à repasser qu'il le faudrait. Sa bourse n'est ni longue, ni bien garnie, et ma petite fille ici n'a pas eu grand chose pour son déjeuner ce matin. Il n'y a plus de lait pour Elsie maintenant.

— Non, dit Elsie, mais je n'ai pas faim. Elsie n'a jamais faim.

— C'est une bonne chose pour un siége, ma petite chatte, dit le sergent Klein.

Je regardai si j'avais quelque argent dans ma bourse. Il s'y trouvait un peu plus de deux francs, juste assez pour acheter des légumes pour une semaine à Lisbeth et à Elsie. Je savais que Gretchen avait fait de bonnes provisions, mais je n'avais jamais pensé à Lisbeth et à tant d'autres comme elle qui n'avaient pas d'argent pour acheter d'avance de la nourriture. Nous n'étions qu'au quatrième jour de siége, et elle n'avait plus rien et devait se contenter d'aller au jour le jour aussi bien qu'elle le pourrait.

Nous arrivâmes à la place du marché, mais combien c'était différent de l'aspect qu'elle présentait peu de semaines auparavant ! Au lieu de centaines de marchands, il n'y avait que quelques personnes offrant leurs denrées à des gens désireux d'acheter, mais n'ayant pas assez d'argent pour payer les prix demandés. Le sergent Klein se fraya un chemin à travers la foule et je le suivis de près. L'étalage de fruits et de légumes était assez misérable, et à la première réponse à notre demande, je fus stupéfait. Les pommes de terre coûtaient dix centimes pièce; tout l'argent que j'avais n'en aurait procuré que trente, et encore elles n'étaient pas grosses !

— Déjà ! s'écria le sergent, et nous ne sommes pas encore au commencement ! Que deviendrons-nous jusqu'à la fin ?

— Pas encore au commencement ! répétai-je, mais voilà quatre jours que les portes sont fermées !

— Mais la musique n'a pas commencé ni la danse

non plus, dit-il d'un air significatif. Vous ne connaissez pas la guerre, monsieur Max.

— Je suis fatiguée, dit Elsie sur son épaule, portez-moi dans vos bras.

Elle glissa de son siége élevé, en entourant le cou du sergent de ses petits bras. Il pencha sa tête sur elle, et je vis ses yeux brillants de larmes qu'il ne voulait pas laisser couler.

— J'ai deux petits enfants à la maison, dit-il en me regardant, deux petits enfants et leur mère, dans un village près de Phalsbourg, et si ces brigands y passent, Dieu seul sait ce qui leur arrivera.

— Aimez-vous être un soldat ? demanda Elsie en caressant sa joue. C'était une habitude qu'elle avait avec ceux qu'elle aimait, et c'était un plaisir pour moi de sentir ses douces petites mains sur ma figure.

— Ah! ma fillette, répondit-il, personne ne m'a demandé si j'avais envie d'être un soldat ou non. On nous prend, voilà tout. Non, monsieur Max, croyez-moi, les paysans haïssent la guerre. Pour nous il n'y a que des pertes et point de gains. Ce n'est pas une chose agréable, je vous assure, d'être arraché de sa demeure, où sont les enfants, le bétail, la moisson, tous dépendant de nous, et d'être envoyé avec des milliers d'autres là où les balles sifflent et pleuvent sur nos têtes comme la grêle dans un orage. Nous sommes aussi des créatures humaines; nous aimons nos maisons et nos enfants aussi bien que vous autres qui vivez tranquillement chez vous. Nous détestons les batailles, les blessures et la mort autant que personne. Et un siège n'est pas du tout plus à mon goût qu'une bataille. Vous serez de mon avis avant que ceci soit fini.

— Que deviendront les pauvres ? demandai-je en regardant mon panier qui pesait bien légèrement sur mon bras.

— Dieu le sait ! répéta-t-il. Il y a deux mille paysans dans la ville, deux mille bouches de surplus à nourrir. Mais il faut toujours espérer.

— Voyez ! voyez ! s'écria Elsie en levant son doigt. Une grosse boule noire s'avançait à travers le ciel assez lentement pour que nous pussions la suivre ; elle se trouvait à une grande hauteur, mais elle décrivait déjà une courbe comme si elle allait tomber à une petite distance vers le sud. Le visage du sergent changea, et il s'arrêta, serrant Elsie plus près de lui et saisissant fortement mon épaule. Nous suivîmes la boule des yeux aussi longtemps que possible.

— Écoutez ! dit le sergent.

Un moment se passa avant que nous entendissions aucun son. Je voyais la foule circuler dans les rues en causant comme à l'ordinaire, sans se douter de ce qui allait arriver. Puis vint un fracas, suivi de cris perçants qui s'élevèrent dans les airs. Pendant un instant chacun se tint immobile comme changé en statue ; alors une fuite soudaine commença dans toutes les directions, les uns courant vers la cathédrale qui était tout près, d'autres s'élançant vers l'endroit où la bombe venait d'éclater.

— La musique et la danse ont commencé toutes deux, dit le sergent d'un air sombre ; tenez, Max, conduisez l'enfant dans la cathédrale, et attendez-y moi. Je vous y rejoindrai bientôt.

J'avais très envie de courir avec lui vers l'endroit où la bombe était tombée, mais je ne pouvais abandonner Elsie. Je me dirigeai du côté de la cathédrale, et en arrivant près des portes je fus entraîné par la foule, de telle sorte que je perdis presque pied et dus y entrer que je le voulusse ou non. Dans le demi-jour qui y régnait, et quoique mes yeux fussent encore éblouis par l'éclat du soleil, je pus distinguer que l'édifice était entièrement rempli par des femmes et des enfants, au milieu desquels apparaissaient seulement quelques hommes. Les prêtres allaient et venaient tâchant de les consoler et de les encourager, mais les lamentations et les sanglots étaient terribles à entendre. Il y avait des gens prosternés devant les autels, muets de terreur, et d'autres conjuraient tout haut les saints de combattre pour eux et de les délivrer. Sur les escaliers qui s'étendent de chaque côté de la nef étaient assis un grand nombre d'enfants, dont les uns se tenaient graves et immobiles et les autres jouaient paisiblement. Dans la chapelle de Ste-Catherine les statues d'anges semblaient regarder, indifférentes, la multitude épouvantée à leurs pieds ; et au milieu de la terreur et des cris je dis dans mon cœur :

— Seigneur sauve-nous, ou nous périssons !

J'attendis pendant un temps qui me parut bien

long et triste, mais le sergent Klein ne revenait
toujours pas, et il était douteux d'ailleurs que je
pusse le voir dans la foule. Je me demandais comment on supportait cet effroi à la maison, et je me
représentais l'anxiété de Lisbeth au sujet d'Elsie.
Sylvie et Louise étaient à l'école et devaient être
terrifiées aussi. Il n'y avait que moi qui pusse aller
les chercher, c'est pourquoi je me frayai avec peine
mon chemin à travers la masse du peuple, du côté
nord de la cathédrale, et me dirigeai vers la rue.
Elsie me montra l'image couronnée de la vierge
avec l'enfant Jésus dans ses bras et nous contemplant aussi froidement que les statues des anges au-
dedans de l'édifice. Cela faisait mal de la regarder.

Les rues étaient presque désertes, car alors tout
le monde avait fui pour chercher des abris dans
les maisons ou les églises. Une autre bombe était
tombée dans la ville, et personne ne pouvait dire
combien il en pourrait encore éclater pendant la
nuit. Le ciel sur nos têtes était clair, comme si rien
ne pouvait l'atteindre pour en ternir la pureté, et
les toits pointus qui abritaient maintenant tant de
familles de pauvres paysans, se dessinaient sur
l'azur. Jusqu'ici on ne voyait aucun signe de dom-
mages ou de destruction, et tout paraissait calme et
tranquille comme les abords d'une cathédrale en
Angleterre un dimanche matin. Je sortis de dessous
le porche qui m'abritait, me demandant comment
j'atteindrais la maison avec mon double fardeau,
Elsie et le panier.

— Max, murmura-t-elle à mon oreille, maman

dit que le Seigneur Jésus est partout aussi bien que dans le ciel. Est-il à Strasbourg aujourd'hui?

— Oui, Elsie, répondis-je.

— Oh! comme il doit être triste, ajouta-t-elle tout bas; il doit être si, si triste!

Et la pensée me vint tout à coup que le Seigneur Jésus n'était pas comme ces figures d'anges, regardant calmes et impassibles du haut de leur propre gloire notre agonie et nos terreurs. Si moi, Max, étais plein d'anxiété en pensant à ma pauvre petite Sylvie, à ma grand'mère, à Gretchen et à tant d'autres, que devait-il sentir en voyant ses frères et ceux qu'il était prêt à adopter pour ses frères, périr misérablement par la main les uns des autres? Que devait-il éprouver en regardant ces pauvres femmes tremblantes et ces petits enfants exposés à une mort violente, eux, si innocents de tout cela? Que devait-il penser en voyant cette terre si belle tachée de sang et souillée par la cruauté et les péchés de ses frères, qui gâtent tout, excepté le ciel tranquille au-dessus d'eux, au-delà de leur atteinte. Oui, grâce à Dieu! le ciel est trop loin pour qu'ils puissent y porter leurs batailles.

C'est ainsi que mes pensées se succédaient, tandis que je portais Elsie, qui sanglotait, à travers les rues désertes. Nous trouvâmes Lisbeth, hors d'elle de frayeur, regardant dans toutes les directions si elle ne voyait pas quelque trace de son enfant chéri. Aussitôt qu'elle nous vit elle poussa un cri perçant, comme si je la lui ramenais morte et elle tremblait tant qu'elle ne pouvait la prendre de mes bras.

— Pourquoi êtes-vous si effrayée, Lisbeth, Elsie n'a point de mal! lui dis-je.

Mais je fus obligé d'appeler Gretchen pour lui aider à monter jusque chez elle. Dès qu'elle fut dans sa mansarde, Gretchen souleva le couvercle de mon panier et me demanda d'où venaient ces pommes de terre.

— Elles appartiennent à Lisbeth, lui dis-je; le sergent Klein a été au marché pour elle aujourd'hui et m'a demandé de rapporter le panier à la maison.

Je n'osai pas lui dire que c'était moi qui avais payé.

— Combien coûtent-elles? demanda-t-elle.

— Dix centimes pièce, répondis-je.

— Dix centimes! répéta-t-elle, dans ce cas nous allons tous prochainement mourir de faim. Dix centimes pour une pomme de terre! mais elles vaudront leur pesant d'or avant que le siége soit fini.

— Gretchen, lui demandai-je, croyez-vous réellement que nous mourrons de faim?

Il me semblait que cette mort serait cent fois plus cruelle que d'être tué comme un homme sur un champ de bataille.

— Non, si je puis l'empêcher, répondit Gretchen avec un geste significatif; mais vous ne devez plus amener de Louise à la maison, je vous le dis, Max.

Je rentrai chez nous très pensif et trouvai ma grand'mère assise sur sa chaise en chêne sculpté, avec une petite table devant elle. C'était son habitude, matin et soir, de lire un psaume et un chapitre d'une vieille histoire de France, qui paraissait toujours lui plaire et la calmer; mais ce jour-là ses mains tremblaient tellement qu'elle ne pouvait tourner les feuillets de sa Bible. Je regardai par dessus son épaule et vis que le psaume qu'elle lisait s'arrêtait à ces mots : « J'ai été mis en oubli dans le cœur des hommes comme un mort, j'ai été estimé comme un vase de nul usage. Car j'ai ouï le blâme de plusieurs, la frayeur m'a saisi de tous côtés. » Je tournai la page pour elle et lus à haute voix : « Toutefois, Eternel! je me suis assuré en toi; j'ai dit : Tu es mon Dieu. Mes temps sont en ta main. Fais luire ta face sur ton serviteur, délivre-moi par ta bonté. »

— Vous aviez besoin de voir l'autre côté de la page, grand'maman, lui dis-je gaiement.

— Dieu te bénisse, Max, répondit-elle, tu es comme un fils pour moi.

Cela rendit mon cœur léger et joyeux au milieu de mes soucis, et je partis tout heureux pour aller chercher Sylvie et Louise, car Gretchen n'osait pas s'aventurer dans les rues, et peu après nous fûmes de nouveau tous réunis, sains et saufs, dans nôtre salon. Le bombardement ne continua pas cette nuit-là, deux ou trois bombes seulement avaient été jetées dans la ville, et n'avaient pas fait grand mal, à ce que nous dit le sergent en rentrant le soir. Après notre frayeur nous allâmes nous coucher avec l'esprit bien plus tranquille qu'on ne pourrait le supposer.

CHAPITRE VI

Ce fut le lendemain que le danger réel et la terreur commencèrent tout de bon. Ma grand'mère aimait la cathédrale autant que sa propre maison et désirait toujours savoir s'il ne lui arrivait aucun mal, c'est pourquoi je m'y rendis. Dans ce moment une bombe passa sur ma tête et tomba dans la rue à peu de distance de moi. Mais cette fois il n'y eut plus une longue pause avant qu'il en revînt une autre, car elles se suivirent rapidement, l'une sur l'autre, et de tous les côtés on entendait les coups assourdissants des explosions. Nos forts commencèrent en même temps leur feu, et le vacarme fut épouvantable. Une quantité de personnes sortirent en courant de leurs maisons pour chercher un refuge dans les églises et les édifices publics. Je me précipitais moi-même à la recherche de Sylvie et des autres habitants de notre maison, pour les conduire, dans quelque endroit plus sûr quand je rencontrai le sergent Klein, devant lequel j'aurais passé sans le voir s'il ne m'avait pas arrêté par le bras.

— Où courrez-vous si vite? me demanda-il.

— A la maison! répondis-je tout essoufflé, pour conduire Sylvie autre part. Que faut-il que je fasse? Où puis-je les mener?

Il réfléchit pendant un instant ; une autre bombe traversa le ciel et de nouveaux cris de frayeur retentirent à travers les rues.

— Vous êtes trop loin des casemates et elles doivent être déjà remplies, dit-il. Je crois que vos dames seront mieux à la maison, à moins qu'elles n'aillent à la cathédrale, mais elle est aussi remplie de monde. Les Prussiens viseront à tous les autres édifices publics. Non, vous avez trois étages au-dessus de vous pour vous protéger, il n'y a que les mansardes qui seront en danger. Prenez soin d'Elsie, mon garçon, me cria-t-il encore comme je m'enfuyais au moment où il lâcha mon bras.

Sylvie n'avait pas été à l'école, mais Louise avait persisté à s'y rendre à cause de ses compagnes de Saverne et de Phalsbourg. J'étais un peu peiné, et pourtant presque content de ne pas rencontrer sa figure si triste avec ses yeux noirs si profondément malheureux. Sylvie se cachait la tête sur les genoux de ma grand'mère et Gretchen était à genoux dans un coin, son rosaire à la main, disant ses prières aussi vite que sa langue pouvait les prononcer. La voix de ma grand'mère était si basse que j'eus peine à entendre ce qu'elle me dit.

— Max, nous n'avons personne que toi à qui avoir recours, tu dois prendre soin de nous et de la maison.

Je ne lui dis pas combien peu je pourrais faire, mais je me baissai et l'embrassai, ainsi que l'épaule de Sylvie, car je ne pouvais apercevoir sa figure.

— Le sergent Klein pense que nous sommes aussi

en sûreté ici que dans tout autre endroit, excepté
la cathédrale, dis-je d'une voix assurée, voulez-vous
que je vous y conduise ?

— Non, non, dit-elle, je ne quitterai jamais ma
maison. Si elle est détruite, je mourrai sous ses
décombres, Max.

— Peut-être que Gretchen aimerait s'en aller ?
continuai-je. Je vous conduirai à travers les rues,
Gretchen, si vous voulez.

— Non, répondit-elle ; je veux rester ou partir
avec ma vieille maîtresse.

Je sentis après cela que je l'aimais davantage
et je pus parler plus gaiement.

— Eh bien, dis-je, nous serons tous ensemble, et
le sergent dit que nous ne courons pas grand danger, excepté dans les mansardes. Il faut que j'a-
mène ici Lisbeth et Elsie.

Je montai donc dans la mansarde, où se faisait
entendre un bruit comme celui d'une violente tempête et où le toit tremblait et craquait comme s'il
allait s'écrouler ainsi qu'une maison de cartes. Ni
Lisbeth, ni Elsie ne s'y trouvaient et je m'approchai de la fenêtre pour jeter un coup d'œil en dehors, mais je ne voulais y rester qu'une seconde,
car avais-je le droit de courir volontairement quelque risque quand, en bas, on n'avait que moi pour
protecteur ? Je ne pouvais voir le feu des Allemands
qui venait surtout du côté nord de la ville ; mais
en me penchant en dehors de la fenêtre j'apercevais
notre citadelle et un ou deux forts plus petits, d'où
à chaque instant s'élevait un nuage de fumée blan-

che au moment où l'on mettait le feu aux canons dont le grondement était incessant. Déjà deux ou trois toits étaient enfoncés et des colonnes de fumée noire s'en élevaient, pendant que de longs et lamentables cris de: « Au feu! » se faisaient entendre au-dessus du tonnerre des batteries! Mon sang bouillonnait du désir de me trouver au milieu de ce tumulte, mais il n'y avait personne que moi pour prendre soin de grand'maman et de ma pauvre petite Sylvie.

Je pouvais à peine m'arracher de là; mais dans ce moment une bombe secoua le toit pointu au-dessus de moi et tomba dans la rue, en bondissant deux ou trois fois comme une balle. Cela me fit tressaillir et, retirant ma tête, j'appelai Lisbeth de toutes mes forces. Je l'entendis me répondre de l'étage au-dessous, et je la trouvai avec Elsie qui s'attachait à sa robe, à la porte de la chambre du vieillard malade.

— Descendez dans cet instant avec moi, m'écriai-je; vous n'êtes pas en sûreté ici, le toit peut être enfoncé d'une minute à l'autre, et vous serez mieux chez nous.

— Je ne le puis pas, Max, dit-elle avec un regard calme et résolu sur sa pâle figure, je dois rester avec le vieux Hans, mais je vous serai reconnaissante du fond du cœur si vous voulez prendre Elsie, elle ira volontiers avec vous.

— Mais nous pouvons aussi porter le vieux Hans en bas, dis-je.

— Il est trop malade pour cela, répondit-elle;

ce serait sa mort. D'ailleurs, Max, ceux qui ont les bras de Dieu pour les entourer sont en sûreté dans la vie et dans la mort. Ce n'est pas que je ne tremble pas un peu quand ce bruit effroyable se rapproche, mais Il est ici et j'aurais honte d'avoir trop peur.

La figure de Lisbeth respirait en même temps la paix et la fermeté; mais des larmes brillèrent dans ses yeux quand elle embrassa Elsie et mit sa petite main dans la mienne.

— Je vous la confie, Max, dit-elle.

— Lisbeth, répondis-je, je mourrai avant qu'aucun mal atteigne l'enfant.

Elle sourit, posa sa main pour un moment sur la mienne, et regarda de nouveau Elsie. Puis elle rentra dans la chambre du vieillard et ferma la porte.

Oh! la terreur et l'angoisse de cette journée et de la nuit suivante! Nous nous y accoutumâmes ensuite, et ne souffrîmes plus autant, lors même que le bombardement était encore plus fort. Mais alors c'était tout nouveau pour nous, et un jeune garçon comme moi ne pourrait jamais le décrire. Dans un des anciens prophètes, il y a un verset qui pourrait presque en donner une idée, mais qui n'en dit pourtant pas encore la moitié : « Cette journée-là est une journée de fureur, une journée de détresse et d'angoisse, une journée d'un bruit éclatant et effrayant, une journée de ténèbres et d'obscurité, une journée de nuées et de brouillards, une journée de cor et d'alarme contre les villes et contre les hautes tours. »

Mais dans ces jours-là, il n'y avait ni canons, ni batteries, ni bombes pour ajouter aux horreurs de la bataille. Si le prophète pouvait seulement revenir à présent et que les paroles fussent mises sur ses lèvres, le peuple, qui n'aurait pourtant jamais vu ces horreurs ni senti ces terreurs, en entendant ces descriptions déclarerait solennellement qu'il ne pourrait plus y avoir de guerre pareille dans un pays chrétien.

Nous ne pûmes ni manger, ni dormir, nous osions à peine bouger. Tout ce que nous pouvions faire était d'écouter chacun de ces bruits lugubres qui remplissaient la nuit. L'obscurité ne fut pas longue, car, comme vous le savez, nous étions en été, mais aussi longtemps qu'il fit nuit une lumière rouge et sinistre éclairait nos figures serrées l'une contre l'autre, chaque fois qu'un obus passait au-dessus de nous. Il n'y eut qu'Elsie, étendue sur un coussin que j'avais mis pour elle aux pieds de ma grand'mère, qui s'endormit profondément, et sur sa douce petite figure brillait un sourire, comme si elle voyait de bien belles choses et entendait des sons agréables.

Il faisait encore obscur, quoique le crépuscule commençât à poindre, quand tout à coup nous entendîmes un fracas et une explosion si près de nous que toute la maison en fut ébranlée jusque dans ses fondements. Gretchen se jeta sur le plancher et Elsie s'attacha de toutes ses forces à notre grand'mère. Je sautai sur mes pieds et attendis. Pendant quelques minutes on entendit le bruit de poutres qui craquaient et de briques tombant dans la rue, mais nous-mêmes n'eûmes aucun mal. Je m'aventurai sur l'escalier où il faisait une obscurité profonde, car la faible lueur du jour naissant ne pouvait y arriver, et je montai avec précaution les marches de pierre. J'étais très en peine pour Lisbeth, car je pensais que la destruction des mansardes pouvait seule causer un pareil ébranlement à la maison. Et de plus je craignais un incendie. Au pied de l'escalier de la mansarde, j'appelai aussi fort que cela me fut possible, et à mon extrême joie la voix de Lisbeth me répondit. Alors je continuai à monter et à mesure que j'avançais le jour devenait un peu plus clair. Lisbeth avait ouvert la porte de Hans et l'aube du jour en sortait brillante. Sa figure était pâle et troublée, mais elle sourit faiblement en m'apercevant.

— C'est une nuit terrible, Max! dit-elle, prions Dieu de ne pas nous en faire passer d'autres semblables.

Aucun de nous ne savait combien nous en aurions encore de pareilles.

— Comment va Hans? demandai-je.

— Il est mort! répondit-elle. Il est mort il y a quelques minutes, dans sa terreur. Cela vous étonne-t-il?

Non, je ne pouvais m'en étonner; et pourtant cela paraissait une chose affreuse que l'âme du vieillard eût pris son vol d'une manière pareille. J'étais peiné pour lui, quoique je ne le connusse pas; mais ce n'était pas un temps où l'affliction pût être de longue durée.

— J'ai cru que notre toit était enfoncé, dis-je.

— Je l'ai cru aussi un moment, répondit-elle, mais cela ne se peut pas. Osez-vous y aller voir, Max ?

Si je l'osais ? C'était bien ce que je comptais faire. Il était nécessaire que quelqu'un allât pour s'assurer si un incendie ne s'était point déclaré, et il n'y avait pas d'autre homme dans la maison, car le sergent et ses camarades étaient de service. Je montai plus rapidement, car il faisait presque jour alors. La mansarde de Lisbeth était intacte et je m'approchai vivement de la fenêtre pour regarder au dehors.

poutres qui craquaient et de briques tombant dans
la rue, mais nous-mêmes n'eûmes aucun mal. Je
m'aventurai sur l'escalier où il faisait une obscurité
profonde, car la faible lueur du jour naissant ne
pouvait y arriver, et je montai avec précaution les
marches de pierre. J'étais très en peine pour Lisbeth, car je pensais que la destruction des mansardes pouvait seule causer un pareil ébranlement
à la maison. Et de plus je craignais un incendie.
Au pied de l'escalier de la mansarde, j'appelai aussi
fort que cela me fut possible, et à mon extrême
joie la voix de Lisbeth me répondit. Alors je continuai à monter et à mesure que j'avançais le jour
devenait un peu plus clair. Lisbeth avait ouvert la
porte de Hans et l'aube du jour en sortait brillante. Sa figure était pâle et troublée, mais elle
sourit faiblement en m'apercevant.

— C'est une nuit terrible, Max! dit-elle, prions
Dieu de ne pas nous en faire passer d'autres semblables.

Aucun de nous ne savait combien nous en aurions encore de pareilles.

— Comment va Hans? demandai-je.

— Il est mort! répondit-elle. Il est mort il y a quelques minutes, dans sa terreur. Cela vous étonne-t-il?

Non, je ne pouvais m'en étonner; et pourtant
cela paraissait une chose affreuse que l'âme du
vieillard eût pris son vol d'une manière pareille.
J'étais peiné pour lui, quoique je ne le connusse
pas; mais ce n'était pas un temps où l'affliction pût
être de longue durée.

être trois minutes qui me parurent trois heures avant que je visse une porte s'ouvrir dans le fond de la chambre, et un petit homme, mince, vêtu d'une blouse d'ouvrier, regarda dans l'intérieur. Je retenais ma respiration, car il me semblait que le moindre mouvement ferait tomber la poutre. Il la vit aussi, et s'avança sur la pointe des pieds, appelant, je suppose, les enfants, car je ne pouvais rien entendre; ceux-ci se précipitèrent vers lui, il les reçut dans ses bras et les entraîna hors de la chambre. Dans cet instant, la poutre tomba et un nuage de poussière les déroba à ma vue, de sorte que je ne pus être sûr s'ils avaient échappé à la mort ou avaient été ensevelis sous l'autre portion du toit qui céda en même temps.

L'intensité du bombardement diminua alors un peu, et au bout d'un moment j'offris d'aller chez le boulanger chercher notre pain, car je ne supposais pas que Gretchen voulût s'y aventurer, ni que le boulanger fît ses rondes habituelles. Je m'avançai donc lentement dans nos rues qui m'étaient si familières et étaient maintenant encombrées de débris de bois et de maçonnerie. Beaucoup de maisons étaient en ruines. Ici et là, on en voyait une qui brûlait, abandonnée par ses habitants saisis de terreur, et risquant de communiquer l'incendie au loin si les pompiers n'y avaient pas veillé. Dans quelques endroits, des meubles aussi bons et précieux que ceux dont ma grand'mère était si fière, se trouvaient sur le trottoir, et je fus tout heureux que ni elle ni Gretchen ne fussent là pour le voir.

Le boulanger n'avait plus de pain dans sa boutique, mais il se préparait justement à pétrir, ayant roulé un long essuie-mains autour de son corps pour lui aider à se tenir debout, dit-il, car il tremblait comme une feuille. Plusieurs hommes étaient chez lui dans le même but que moi, mais aucune femme n'avait eu le courage de quitter l'abri de son toit. Chacun avait à raconter une histoire de terreur ou de souffrance et nous restâmes là jusqu'à ce que le pain fût cuit.

— Si les Allemands font autant de mal en dehors des murailles, que feront-ils en dedans. Il ne faut pas qu'il soit jamais question de se rendre ! — C'était le sentiment général.

Avec mon pain, enveloppé dans un linge, je fis un détour en revenant à la maison pour passer à l'école, où Louise était restée toute la nuit. Elle était un peu plus près de la porte de Saverne que notre maison et par conséquent un peu plus près aussi du danger. Mais la façade n'avait aucun mal et était exactement comme je l'avais toujours vue, avec des fleurs autour des fenêtres des mansardes que le soleil illuminait gaiement. Pas une vitre n'était brisée. Mon cœur battit de joie, car j'avais beaucoup pensé pendant la nuit à cette pauvre petite fille désolée. L'entrée, comme celle de notre maison, était derrière, et pour y arriver il fallait aussi traverser une longue voûte. J'entrai dans la cour, qui était fort sombre à cause de la hauteur des bâtiments qui l'environnaient; mais il y faisait assez jour pour me laisser voir qu'une bombe y était tombée, droit au milieu de ce nid de maisons, et en éclatant y avait semé la mort et la destruction. Une salle d'école, au coin de la cour, n'était plus qu'un tas de décombres et quelques parties des demeures environnantes y avaient été lancées. Combien de personnes avaient peut-être été blessées par cette explosion !

Je n'osai pas aller plus loin. C'était une scène de désolation ; toutes les fenêtres étaient brisées, les portes enfoncées, les cheminées renversées ; la salle d'école n'avait pour ainsi dire plus une brique à sa place. Je ne vis, pendant un moment, pas une créature humaine, et j'en conclus que tous les habitants s'étaient enfuis dans les églises. Mais comme j'allais m'éloigner, une pauvre femme pâle et à l'air épouvanté, passa sa tête à travers la porte d'une des maisons ruinées et m'appela.

— Est-ce vous, Max Krömer ? cria-t-elle.

— Oui, répondis-je.

— Oh ! ajouta-t-elle en gémissant, Louise est morte, Louise et deux autres enfants. Elles ont été tuées dans la classe la nuit dernière, avant qu'on eût été se réfugier dans les églises.

Elle ferma sa porte, et je m'assis sur le seuil, incapable de rester debout plus longtemps. Pauvre Louise ! Pauvre fille abandonnée ! Je frissonnai à la vue du grand tas de décombres dans un coin de la cour et je désirais m'éloigner, mais n'avais pas la force de bouger. A la fin, la pensée de l'anxiété et de la terreur que l'on devait ressentir à la maison me tira de ma stupeur. Je les trouvai tous épuisés par le manque de nourriture et de repos, et je les laissai déjeûner avant de leur dire que Louise avait été tuée.

Dans l'après-midi de ce jour, je retournai à l'école, car je ne pouvais prendre mon parti que cette jeune fille étrangère, inconnue et sans amis ne fut pas enterrée. Mais les parents des autres enfants qui vivaient dans la ville, cherchaient leurs corps parmi les ruines, et trois cercueils étaient déjà préparés pour les recevoir. Il n'y avait pas de cimetière en dedans des fortifications, excepté le jardin botanique, où quelques semaines auparavant Sylvie et moi avions passé d'heureuses heures ensemble. C'était la première semaine du siége et des fosses ordinaires y étaient creusées. Le vieux Hans en avait une, mais les trois petites écolières qui étaient mortes ensemble furent aussi enterrées ensemble, et une croix de bois, avec leurs noms, fut placée à la tête de la tombe. Lisbeth vint avec moi suivre le cercueil de la pauvre Louise, et comme nous nous tenions pendant une minute ou deux au milieu des arbres et des fleurs, regardant dans la fosse ouverte, elle dit à voix basse et comme se parlant à elle-même : « Et dans l'endroit où il avait été crucifié il y avait un jardin et dans ce jardin un sépulcre neuf où personne n'avait encore été mis. »

C'est ainsi que nous laissâmes les restes de cette pauvre petite fille, sous un brillant soleil d'août, avec les arbres qui projetaient leur ombre épaisse sur les tombes, avec le parfum des fleurs, le bourdonnement des abeilles, et le timide gazouillement des oiseaux qui ne s'étaient pas encore enfuis, pour or- nements; puis nous reprîmes le chemin des maisons ruinées, des églises, des hôpitaux encombrés et de toutes ces scènes d'angoisse qui remplissaient nos rues.

En passant devant le salon pour me rendre dans ma chambre, Gretchen vint à moi, les yeux rouges et presque incapable de parler.

— Max, me dit-elle, croyez-vous que vous pour- rez me pardonner d'avoir accordé de si mauvaise grâce à cette pauvre petite créature sa part de nourriture? Ce n'était pas tant pour moi que pour ma pauvre vieille maîtresse, qui doit avoir ses re- pas habituels, et qui peut savoir combien le siége durera? Je ne l'aurais pas fait si j'avais pu savoir ce qui lui arriverait. Je crois que mon cœur devient plus dur chaque jour.

— Il faut qu'il devienne plus dur ou plus tendre, Gretchen, dis-je. Il me semble parfois que je vou- drais demander à Dieu de me laisser porter toutes ces misères, et d'en délivrer ainsi tous les autres. Mais je vous pardonne de tout mon cœur.

Je lui donnai donc ma main et elle la pressa dans les siennes en pleurant amèrement. Nous avions été tous plus ou moins ébranlés par cette première nuit du bombardement. C'est une nuit qui ne s'ou- bliera jamais.

CHAPITRE VIII

Chacun sait que ce n'était là que le commencement du siége qui continua, furieux, jour après jour et semaine après semaine. C'était naturellement les mansardes qui étaient le plus exposées au danger, et comme elles étaient habitées par les pauvres, ce furent eux que la faim, le feu et les bombes firent souffrir le plus. Chaque nouveau toit qui était détruit, jetait une famille de plus, sans abri, dans les rues. Notre maison fut bientôt remplie par ces fugitifs, à l'exception d'un étage contenant quatre chambres, que nous réservâmes pour notre usage et où l'on entassa les meubles que ma grand'mère et Gretchen soignaient si bien. Des rations étaient servies à ces pauvres gens sans argent et à moitié affamés. On leur en distribuait tous les trois jours, mais elles étaient si peu abondantes que le tout était épuisé en un repas ou deux, et jour et nuit l'on entendait les plaintes et les gémissements des enfants demandant à manger. Lisbeth, qui avait un grand amour pour eux, avait le cœur brisé, mais elle n'avait rien à leur donner. Quant à moi, s'il m'arrivait de demander quelque chose à Gretchen, elle insistait pour que je le mangeasse en sa présence. Elle donnait aussi à Elsie, mais disait qu'il était bon pour nous que son cœur s'endurcît chaque jour.

Un matin, au moment où je me préparais à aller faire ma visite quotidienne à la cathédrale, je fus très surpris de voir que ma grand'mère voulait m'accompagner et voir par elle-même ce qui s'y passait. Je fis tout ce que je pus pour l'en dissuader, mais elle était bien décidée, et prenant à la main sa canne à pommeau doré et s'appuyant sur mon bras, elle commença avec moi son excursion. Mais avant que nous fussions bien loin, quand elle vit la désolation de ces rues qui lui étaient si familières depuis tant d'années, et ces maisons dont tout le contenu était épars sur le pavé, brisé et détruit, elle sentit le cœur lui manquer et ne put aller plus loin. Et lorsque je la ramenai à la maison elle ne cessait de murmurer : « Oh! Dieu! oh Dieu! » et ne put pas prononcer un autre mot jusqu'à ce qu'elle se retrouvât dans son fauteuil, près de son poêle en faïence, où même en été l'on faisait du feu pour réchauffer ses membres engourdis.

— Je ne bougerai plus d'ici jusqu'à ma mort, Max, dit-elle; nous nous en irons ensemble, la vieille maison et moi. Seulement prie Dieu que la cathédrale ne soit pas aussi détruite!

Ce fut ce jour-là que l'évêque alla en parlementaire au camp des Allemands pour tâcher d'obtenir une capitulation afin de sauver ce pauvre peuple qui périssait dans nos murailles. Mais vous savez qu'il ne réussit pas, car les ennemis ne voulurent pas accepter nos conditions, ni nous les leurs. Le général Uhrich était décidé à ne pas se rendre, et une bonne partie des habitants le soutinrent. Mais d'autres, dans les quartiers où le mal était le plus grand, se disaient entre eux : « Ah! *ses* enfants sont en sûreté à Baden! »

Nous déplorions tous cet insuccès de l'évêque. Ma petite Sylvie languissait depuis le coup qu'elle avait reçu par la mort de Louise; on ne la voyait plus sourire, ses yeux étaient rouges de larmes. J'avais espéré que le siége cesserait et que nous pourrions quitter la ville: car il me semblait que je perdrais Elsie si elle n'était pas promptement emmenée dans quelque endroit tranquille.

Ce soir-là, Lisbeth et Elsie descendirent chez nous, car Lisbeth devait passer la nuit auprès de Sylvie, Gretchen étant trop fatiguée pour le faire, et ma grand'mère trop âgée pour soigner quelqu'un de malade. On fit coucher Elsie sur un canapé, et Lisbeth s'assit près du lit de Sylvie et mit dans sa main la main si amaigrie et si agitée de l'enfant.

Je me sentais bien abattu. Cela me faisait mal jusqu'au fond du cœur de voir sa pauvre petite figure, blanche et tirée avec ses grands yeux effrayés qui se fermaient rarement pour dormir. Je me demandais ce que le Seigneur Jésus aurait senti s'il avait eu une petite sœur sur le point de mourir de frayeur dans une ville assiégée comme Strasbourg. Le canon avait grondé sans interruption toute la journée, et maintenant les reflets lugubres du feu remplissaient la chambre, aussi je fermai les volets et baissai les épais rideaux devant les fenêtres. Alors je fus saisi par cette pensée : — « Mais Sylvie est sa sœur, et Il s'inquiète d'elle, dix fois, cent fois plus que je ne le fais. Et si elle vient à mourir, il est ici pour prendre sa main dans la sienne et la conduire dans une demeure paisible et tranquille comme elle en a tant besoin. »

Je posai ma tête sur l'oreiller de Sylvie, à côté de la sienne, et je mis ma main sur sa joue ; alors elle se retourna de manière à ce que nos deux figures fussent tout à fait rapprochées, et elle sourit faiblement.

— Tu aimes ton frère Max, Sylvie ? murmurai-je à son oreille.

— Tendrement, dit-elle bien bas.

— Et Jésus-Christ est ton frère absolument de même, dis-je. Si tu dois me quitter, tu iras auprès de lui. Tu l'aimes, n'est-ce pas, Sylvie ?

— Est-ce qu'il te ressemble, Max ? demanda-t-elle.

— Oh ! je voudrais être davantage comme lui ! m'écriai-je. Je t'ai quelquefois tourmentée, je t'ai négligée, et j'ai plus pensé à moi qu'à toi. Mais lui ne ferait jamais ainsi. Il t'aime plus que je ne puis te le dire, et il ne t'oubliera ni ne te délaissera jamais.

Au moment où je finissais de parler, on entendit un grand fracas, puis une secousse, comme si toute la maison allait être réduite en poussière. Une volée de tuiles et de briques roulèrent en bas l'escalier.

et nous fûmes secoués comme l'aurait fait un tremblement de terre. En même temps, une lourde masse tomba dans la rue et se confondit dans l'explosion d'une bombe dont les fragments sautèrent contre les volets et les brisèrent en partie. Des étages supérieurs, qui étaient remplis de monde, comme je vous l'ai déjà dit, partaient des cris perçants.

Aussitôt que les briques eurent cessé de rouler sur l'escalier, on entendit un bruit de pas précipités mêlés à des gémissements et à des lamentations. On aurait dit que le dernier jour était venu. J'attendis une minute ou deux, ne sachant pas ce qui allait nous arriver, en tenant Sylvie serrée contre moi; mais le bruit diminuant un peu, je lui dis doucement :

— Tu veux bien me laisser m'éloigner un moment ?

— Oui, va Max, murmura-t-elle, mon autre frère prendra soin de moi.

Je l'embrassai avec un vif sentiment de joie en l'entendant. Puis je sortis. Il était difficile de se frayer un chemin à travers toutes les personnes qui descendaient en courant.

— Le toit est parti, les cheminées sont tombées! criait-on, tout est en feu, vous ne devez pas monter!

Mais j'étais décidé à le faire, et la voix du sergent qui, derrière moi, me cria : Bravo, Max! m'encouragea.

Lui et ses gens n'étaient pas de garde cette nuit-là, ce qui était une bonne chose; car lorsque nous atteignîmes les mansardes, nous vîmes que ce qu'on disait était vrai. La mansarde supérieure et celle de Lisbeth étaient entièrement emportées, et les poutres commençaient à brûler. Mais les seaux d'eau étaient là et au bout d'une demi-heure tout le danger avait disparu, à moins qu'une autre bombe ne vînt tomber à la même place, car maintenant nous n'avions plus la protection du toit et des étages supérieurs.

— Encore une ou deux de ces visites, dit le sergent Klein, et nous devrons nous retirer dans les caves.

C'étaient de tristes nouvelles que je devais rapporter à Lisbeth. Tout ce qu'elle possédait dans ce monde avait disparu, excepté les vêtements qu'elle et Elsie avaient sur le corps et le panier qui contenait la petite veste d'Elsie et dont elle ne se séparait jamais. Lisbeth passa le reste de la nuit absorbée dans ses pensées. De bonne heure, au matin, elle me prit à part pour me parler.

— Max, me dit-elle, je crois que je tenais trop à toutes ces choses que j'ai perdues, mais c'était tout ce que je possédais et je craignais de les quitter. Maintenant je sens que j'aurais dû m'éloigner pour aller soigner les blessés. Je suis jeune et forte, et je sais que je pourrai le faire, tout en comprenant que ce sera bien pénible de voir tant de souffrances.

— Lisbeth, lui répondis-je, restez avec nous et soignez Sylvie.

— Non, non, dit-elle, je vois bien que Gretchen

devient chaque jour plus inquiète à l'idée de nourrir une bouche de plus. Je m'imagine qu'elle a quelque part des provisions cachées, mais cependant elle les économise autant que possible, et elle a l'air d'être troublée. Je veux m'en aller; seulement, il y a mon Elsie.

— Vous nous la confierez? lui dis-je, tout en doutant que Lisbeth pût se séparer de son enfant, surtout dans un moment pareil.

— Oui, répondit-elle d'une voix tremblante, et les yeux remplis de larmes. — Oui, Max, je vous la confierai, où que ce soit. Seulement promettez-moi de la faire asseoir près de vous à table, et de la laisser dormir dans votre chambre, si ce n'est pas trop demander de vous.

— Très bien, Lisbeth, lui dis-je, je serai comme un frère pour Elsie.

Ce mot de frère avait une toute nouvelle signification pour moi.

— Il n'y a pas beaucoup de gloire à perdre ma pauvre demeure, Max, dit-elle en essayant de sourire.

— J'ai abandonné toutes ces idées, répondis-je, je ne vois plus aucune gloire dans la guerre. Les anges avaient raison quand ils chantaient: Gloire à Dieu, et paix sur la terre. Mais pourquoi Dieu n'envoie-t-il pas la paix sur la terre, Lisbeth?

— Ce ne serait qu'une paix extérieure, dit-elle en soupirant, comme un père qui ferait tenir tranquille ses enfants au moyen de menaces et de punitions. Il faut qu'il leur enseigne qu'ils sont des frères avant qu'on puisse avoir une vraie paix.

C'est ainsi que Lisbeth nous quitta, prenant congé d'Elsie comme si elle ne devait jamais la revoir. Et, après son départ, l'enfant s'assit sur une petite chaise à côté du lit de Sylvie, tricotant la petite veste qu'elle comptait donner au Seigneur Jésus.

CHAPITRE IX

Le lendemain un grand poids fut enlevé de dessus mon cœur. J'avais été comme d'habitude visiter la cathédrale pour ma grand'mère, et j'allai pour mon propre compte voir les ruines du collége protestant que j'aimais mieux que bien des jeunes garçons n'aiment leur école. Je regardais tristement ces murailles qui s'écroulaient, car il est pénible de voir des endroits qui vous sont familiers mis en pièces d'une manière pareille, lorsque j'entendis une voix qui disait : — Hallo, Krömer !

C'était Kléber, l'un de nos étudiants les plus âgés. Il était vêtu d'un uniforme qui avait bien l'air d'avoir été porté autre part qu'à la maison, et il paraissait plus âgé et plus sérieux que lorsque je l'avais vu la dernière fois.

— Je croyais que vous étiez parti, Krömer, me dit-il, qu'est-ce qui vous retient à Strasbourg ?

Alors je lui racontai à peu près tout ce que je vous ai dit, surtout ce qui concernait Sylvie, car c'était ce qui me pesait le plus lourdement sur le cœur dans ce moment; Kléber m'écoutait de la manière la plus amicale.

— Vous savez qu'elle n'a plus de mère, ajoutai-je, et, à ces mots, la voix me manqua en me souvenant comment ma mère m'avait recommandé de prendre soin de ma petite sœur, — et notre père est en Afrique, et je ne sais que faire.

Kléber réfléchit pendant une ou deux minutes; sa figure avait certainement bien changé depuis qu'il était étudiant au Gymnase.

— Krömer, me dit-il enfin, si vous pouvez vous décider à vous séparer de votre sœur, je connais un moyen de la faire sortir de la ville. La femme de notre colonel a reçu un sauf-conduit du gouverneur pour pouvoir partir avec ses enfants. Elle est Allemande et ainsi elle est sûre de pouvoir passer. Je veux lui demander de prendre Sylvie avec elle.

— Mais le lui permettra-t-on ? demandai-je.

— Elle a perdu une petite fille là nuit dernière, dit-il, et on doit l'enterrer aujourd'hui, sans cela ils seraient déjà partis ce matin. Sylvie pourra prendre la place de cette enfant.

C'était ainsi partout. On entendait parler d'une mort chaque fois que l'on s'entretenait avec quelqu'un. Tard dans la soirée, Kléber vint nous dire que Sylvie devait être prête le lendemain à neuf heures, où une voiture s'arrêterait à notre porte pour la prendre, et qu'elle ne devait emporter d'autre bagage qu'un petit paquet qu'elle fût capable de porter à la main. Gretchen prépara donc ses effets, et ma grand'mère me donna une bourse avec cinquante napoléons, tout ce dont elle pouvait se passer dans ce moment, afin que je les donnasse à la dame qui se chargeait de Sylvie.

Je ne pus dormir cette nuit-là, mais je la passai tout entière dans la chambre de Sylvie, la regardant quand elle s'endormait par moments et causant avec elle quand elle était réveillée. Je ne savais pas si je la reverrais jamais, et quand elle m'aurait quitté il était impossible que j'en eusse aucune nouvelle jusqu'à la fin du siége, et qui pourrait dire quand cela arriverait? Elle me quittait, moi, son frère, et s'en allait avec une étrangère dans un pays étranger, où elle mourrait peut-être, comme Louise, solitaire, désolée et le cœur brisé. Aucun autre jeune garçon, sans avoir passé par là, ne pourrait comprendre ce que c'est de se séparer de sa sœur dans des conditions semblables.

Quand le dernier moment fut arrivé et que la voiture s'arrêta à la porte, je pus à peine la porter en bas l'escalier pour l'abandonner ainsi; Gretchen nous suivait en pleurant et ma grand'mère nous regardait depuis son balcon. Deux enfants qui étaient dans la voiture mirent la tête à la portière, curieux de voir leur nouvelle compagne, mais la dame se tenait dans un coin avec un voile épais sur la figure et son mouchoir devant les yeux.

— Madame, lui dis-je, en serrant Sylvie plus près de moi, ma sœur est une enfant dont la mère est morte. Elle est bien triste de nous quitter. Je vous prie d'être bonne pour elle.

Alors l'étrangère tendit ses bras à Sylvie et la plaça à côté d'elle; la portière fut fermée, et la voiture s'éloigna aussi rapidement que le permettait l'encombrement des rues.

Je la suivis en courant, non pas pour voir encore Sylvie, mais pour m'assurer aussi loin que
possible qu'il ne lui arrivait rien. La voiture prit le
chemin de la porte Blanche, celle par laquelle les
Allemands entrèrent à Strasbourg à la fin du siège,
et quand elle l'eut dépassée, le sergent Klein, qui
courait avec moi, me conduisit au haut d'une tour
d'observation sur les murailles d'où nous pouvions
la voir encore un moment. Quand elle disparut je
revins à la maison, à la fois bien abattu et bien
content. Cependant lorsque le sergent nous apporta
la nouvelle que la voiture avait obtenu la permis-
sion de traverser le camp des Allemands et que
Sylvie était maintenant hors de tout danger, mon
cœur devint si léger et si joyeux que pendant notre
souper je fis rire plus d'une fois ma grand'mère et
même Gretchen. Car vous ne devez pas croire que
pendant tout ce temps nous n'ayons jamais eu un
moment de gaieté. Par exemple, Gretchen était aussi
joyeuse et fière que possible quand elle pouvait
nous donner quelques surprises à dîner. C'était
très difficile, car il n'y avait pas moyen d'acheter
ni lait, ni œufs, ni viande fraîche, ni légumes. Nous
mangions alors les chevaux et les mulets, mais
Gretchen les apprêtait admirablement et leur donnait de grands noms qui nous amusaient. Elle
avait certainement des provisions cachées, car lorsque les pommes de terre valurent leur pesant
d'argent, sinon d'or, comme elle l'avait prédit, elle
nous en donnait toujours, qu'elle avait rôties si se-
crètement que nous ne nous en doutions pas avant

le moment de les manger. Nous ne laissions jamais le plus petit reste, même de pelures, et vous auriez pu chercher longtemps sans trouver à Strasbourg un morceau de nourriture jeté ou gâté, du moins dans la partie de la ville que nous habitions. On disait bien qu'il y avait des choses gaspillées dans quelques cuisines de gens riches, mais je ne puis dire jusqu'à quel point c'est vrai. Ç'aurait été un péché et une honte, quand il y avait des centaines de personnes qui mouraient à moitié de faim.

Quant à Elsie, Gretchen l'adopta à la place de Sylvie, et sans cela elle se serait amèrement plainte de cette petite bouche de plus à nourrir. Elle paraissait avoir entièrement oublié Louise, ou bien son cœur devenait chaque jour plus dur. Elle s'affligeait davantage au sujet de la maison et des meubles que de la mort et de la misère de ses semblables. Avec cela elle était pour nous une bonne et fidèle domestique.

J'eus avec elle une grande contestation et je fus enfin obligé de céder : j'allais un jour chez le boulanger, car la pauvre Gretchen n'osait réellement pas le faire, quand une demi-douzaine de jeunes garçons passèrent près de moi, l'air affamé, les joues creuses et les yeux rendus étincelants par le besoin. Je ne trouverai jamais de mots pour vous décrire ce spectacle. Le premier d'entre eux tenait entre ses mains un navet à moitié pourri et tâchait de le soustraire à la voracité des autres, qui le suivaient, comme on voit les oiseaux dans un grand froid, suivre l'un d'eux qui a trouvé un morceau de pain qu'il garde dans son bec. C'était un petit garçon, ne pouvant presque plus respirer et paraissant sans aucune force, comme du reste tous les autres, excepté l'un d'eux presque aussi grand que moi et qui avait trouvé moyen de filouter et de se nourrir mieux que ses compagnons. Au moment où je les rejoignis il tenait le petit garçon dans un coin et lui donnait des coups sur la tête pour l'obliger à lâcher son navet. En voyant cela, tout mon sang bouillonna, je lui sautai dessus et lui donnai un coup qui le renversa, car lui aussi était affaibli par la faim. Alors je me plaçai devant l'enfant en regardant les autres, et lui dis par dessus mon épaule :

— Mange vite pendant que je te garde.

Mais quand je regardai le jeune garçon que j'avais renversé et vis sa figure sauvage, désespérée, âgée avant le temps, une profonde pitié s'empara de moi. Qu'avais-je fait ? Le Seigneur Jésus aurait-il agi comme moi ? J'avais bien fait de protéger l'opprimé, mais ne l'aurais-je pas pu faire d'une autre manière ? Celui-là était aussi mon frère. Si j'osais tendre ma main droite au Seigneur en l'appelant mon frère, n'attendait-il pas de moi que je donnasse la gauche à ce pauvre garçon en le nommant aussi mon frère ? Voilà ce que je pensais en le regardant, et c'est là la vraie et universelle fraternité.

Il allait s'enfuir lorsque je lui criai :

— Arrêtez! avez-vous bien faim?

— Je meurs de faim! murmura-t-il, l'air moins obstiné mais non moins misérable qu'auparavant.

— Suivez-moi, lui dis-je; et il marcha sur mes pas jusque chez le boulanger. Il se passa bien du temps avant que je pusse avoir mon tour, mais il ne me quitta pas un instant des yeux. Quand je reçus mes petits pains je lui en tendis un et il me l'arracha avec une exclamation presque folle et partit en courant comme s'il craignait que je ne changeasse d'idée. Mais il n'avait rien à craindre, je ne l'aurais pas fait pour gagner tout Strasbourg.

Cependant, quand j'arrivai à la maison avec un pain de moins, il vous aurait fallu entendre Gretchen! Je crus qu'elle en perdrait la tête. Cela ne servit à rien que je lui disse que je m'en passerais, elle n'en fut pas calmée le moins du monde.

— Un garçon comme vous doit apaiser sa faim avec quelque chose, dit-elle, si ce n'est avec du pain, ce sera avec du potage, ou du riz ou des pommes de terre. Ne me parlez pas. Si vous comptez nourrir tous les mendiants affamés de Strasbourg, je vous donnerai les clefs, et nous verrons! Tout ce ce que je puis faire c'est de vous empêcher de mourir de faim, et qui sait quand la fin viendra! Aucun secours ne nous arrive et le général Uhrich nous regardera tous périr plutôt que de se rendre. J'ai cédé pour Louise, j'ai cédé pour Elsie, mais je serai ferme maintenant. Non, non, Max, donnez-moi ici votre parole que vous ne donnerez plus, ni

une bouchée , ni une goutte de quoi que ce soit,
sans que j'y aie consenti.

C'était bien dur à promettre, mais je fus obligé
de le faire. Peut-être que Gretchen avait raison ;
en tous cas , elle nous aimait, ma grand'mère et
moi.

CHAPITRE X

Lisbeth avait trouvé beaucoup d'occupation parmi les blessés, et par là je n'entends pas seulement les soldats qui tombaient sous le feu des ennemis, sur les remparts et dans les tranchées. Il y avait un bon nombre de ceux-là, mais a côté d'eux se trouvaient aussi des centaines de citoyens blessés ou mutilés par des éclats d'obus ou la chute des maisons. Plusieurs étaient des enfants qui n'avaient pas su s'enfuir assez tôt devant un danger soudain. Il y avait en outre bien des maladies causées par la faim parmi le pauvre peuple sans demeure, ou vivant dans de méchants abris construits au milieu des ruines. Ainsi Lisbeth était aussi occupée que possible, et il me semblait qu'elle devenait toujours plus pâle en dépit de son tranquille sourire, chaque fois que j'allais la voir.

Vous vous souvenez que, peu avant le départ de Sylvie, la partie extérieure de notre maison était tombée, et pourtant il y en avait à peine une seconde dans cette partie de la ville qui eût aussi peu souffert. Quoi qu'il en soit, rien ne pouvait déterminer ma grand-mère à la quitter, lors même que chaque jour quelques portions de ces murailles

sans toit tombassent en dedans ou en dehors du
bâtiment. Aucune autre bombe n'avait atteint notre
demeure, mais elle était si ébranlée par la canon-
nade et par la destruction des maisons voisines
qu'elle paraissait toute disloquée et près de sa fin,
comme un vieillard accablé de peines et de souffrances.

Enfin nous n'eûmes plus d'autre ressource que
de nous réfugier dans les caves, et il fallut les
rendre aussi habitables que possible. Le sergent
Klein et moi y descendîmes pour voir comment on
pourrait s'y installer et Gretchen nous suivit avec
une anxiété évidente. Il y en avait trois, ouvrant
l'une dans l'autre; la première possédait une fenêtre au niveau de la rue. Mais cela ne nous servait
à rien, car il était nécessaire de la fermer par un
tas de terre pour nous protéger contre les morceaux
d'obus qui pourraient éclater dans la rue, et ainsi aucun rayon de lumière ne pouvait nous parvenir. Ce
serait un endroit parfaitement sûr, mais l'humidité,
l'obscurité et le froid, en faisaient un triste refuge
pour ma pauvre grand'mère, qui avait été accoutumée
toute sa vie à de belles chambres claires et
chaudes.

— Sergent, dis-je, combien cela durera-t-il?

Je pouvais voir par la lumière de notre lanterne
quel air grave il avait.

— Max, me répondit-il, si ce que l'on entend
dire est vrai, — seulement on ne peut pas se fier
à ces rumeurs, — le général devra se rendre un
peu plus tôt ou un peu plus tard. On dit que le

maréchal Bazaine est enfermé à Metz et ne peut en sortir, mais ce n'est pas encore le pire.

— Qu'est-ce que c'est? demandai-je.

— Cela ne peut être vrai, répondit-il, c'est une vanterie des Prussiens. Ils disent que l'empereur et le général Mac-Mahon ont été battus à Sedan et ont dû se rendre, eux et toute l'armée pour être emmenés prisonniers en Allemagne, tandis que les Prussiens marchent sur Paris.

Je ne pus ni parler, ni faire un mouvement, tant étaient grands mon effroi et mon étonnement.

— Qui donc viendra à notre secours, demandai-je enfin.

— Il n'y a que Dieu qui puisse le faire, dit-il en soulevant son bonnet.

Je crois que c'était un homme pieux, quoiqu'il fût très silencieux et réservé, même avec Lisbeth, qui avait une manière d'attirer la confiance et de faire dire ce qu'on avait au plus profond du cœur.

— Alors nous risquons de demeurer dans ce trou des semaines! s'écria Gretchen, que nous avions oubliée et qui avait été occupée dans le coin le plus reculé des trois caves.

— Rendons-le aussi confortable que possible, répondit le sergent; venez, Max, je suis prêt à vous aider pour transporter les meubles.

Nous apportâmes donc dans les caves ce qu'il y avait de meilleur; mais combien nos beaux meubles étaient changés depuis le temps où je pouvais mirer ma figure dans le bois et le cuivre polis! Cela causa bien des lamentations à Gretchen à mesure que nous les lui apportions, car la poussière et les éclats de vitres brisées les avaient bien endommagés. Nous les arrangeâmes aussi bien que possible, et quand tout fut fait, que la lampe fut allumée et que la chaufferette, avec des braises, fut posée devant le fauteuil de ma grand'mère, cela me parut mieux, beaucoup mieux, que je ne me l'étais imaginé d'avance. Le sergent Klein monta alors dans notre salon pour aider à ma grand'mère à descendre l'escalier sombre qui conduisait à notre refuge.

Il me semble que je les vois encore, descendant lentement les marches, le sergent guidant ma grand'mère aussi tendrement qu'une femme aurait pu le faire, en y joignant toute la force d'un homme, et elle, s'appuyant sur son bras et tâchant de pénétrer la profonde obscurité avec ses yeux obscurcis. Elsie les suivait tranquillement, son tricotage à la main et le serrant contre sa poitrine comme son plus grand trésor, tandis qu'une dernière lueur du jour paraissait s'arrêter sur l'enfant.

— Sergent, dit ma grand'mère, au moment où il allait nous souhaiter le bonsoir, restez et soupez avec nous dans notre nouvelle demeure.

Cela me fit plaisir, car elle avait toujours conservé une espèce d'ancienne dignité qui le tenait à distance, aussi je dus le prier de rester, et quand il y eut consenti il demeura tout-à-fait taciturne, intimidé par sa présence, mais je vis que cet honneur lui plaisait et le rendait fier. Gretchen même était contente et disait que c'était une chose bien différente de nourrir un de nos braves défenseurs ou de

donner des pains à tous les petits mendiants de la
rue.

Un ou deux jours après cela — les jours et les
nuits étaient alors à peu près les mêmes pour nous,
c'est pourquoi je ne suis pas sûr du temps — je
vis un soir le sergent Klein et ses hommes en grande
tenue, se disposant à nous quitter pour la nuit.
Leur chambre était droit au-dessus de nous, car
ils avaient pris possession du rez-de-chaussée qui
était auparavant un magasin avec une chambre
derrière, et nous aimions à les sentir si rapprochés
de nous. La figure du sergent était grave comme
toujours, mais je fus frappé ce soir-là de l'animation qui y régnait et il me dit gaîment : Au revoir
Max, à demain.

Le lendemain je portai Elsie, comme je le faisais
quelquefois, à l'ambulance où Lisbeth soignait les
malades. C'était dans une des églises, et le plancher
était couvert de lits bas, se touchant presque,
de manière que l'on avait peine à se mouvoir entre
eux. Lisbeth était baissée sur l'un d'eux avec des
larmes dans les yeux, ce qui me parut étrange,
car elle avait dû s'accoutumer à toute espèce de
scènes de souffrance et de mort. Je m'avançai
doucement entre les rangées de lits et regardai la
figure couchée presque à mes pieds. Elle était pâle
et immobile, mais les yeux étaient ouverts et nous
regardaient tous avec un demi sourire.

— Oh, sergent Klein! m'écriai-je; qu'est-ce qu'il
y a? Qu'est-ce qui est arrivé? Je ne pus rien ajouter.
C'était pour moi une chose plus horrible que je ne

peux dire, de le voir couché là, lorsque la veille
au soir seulement il m'avait dit : Au revoir, Max,
à demain! Ses lèvres remuèrent et Lisbeth se pencha sur lui pour comprendre ce qu'il disait.

— Il désire qu'Elsie vienne s'asseoir sur le lit,
à côté de lui, dit-elle, prenez soin qu'elle ne lui
fasse pas mal, et restez près d'eux, Max, il y a tant
à faire aujourd'hui.

Elle s'éloigna. Je mis Elsie sur le lit et m'age-
nouillai à côté, prenant soin qu'elle ne fît pas souffrir
le sergent en se serrant trop près de lui. Il resta à
la regarder tendrement pendant quelques minutes,
en pensant peut-être à ses propres petits enfants.

— Où en est l'ouvrage d'Elsie? murmura-t-il
avec ses lèvres pâles.

— Oh! dit-elle tristement, il n'est pas aussi blanc
qu'il le faudrait; personne ne peut tricoter propre-
ment à présent. Mais quand il sera fini maman le
lavera et le fera devenir tout blanc, aussi blanc
que la neige.

— Aussi blanc que la neige, murmura-t-il, aussi
blanc que la neige....

Il me regardait fixement comme s'il désirait me
faire une question, et je devinai ce qu'il voulait
dire.

— Vous désirez savoir où se trouvent ces mots?
dis-je, et ses yeux répondirent oui, aussi clairement
que si ses lèvres l'avaient prononcé.

— Venez maintenant, et débattons nos droits,
dit l'Éternel : quand vos péchés seraient comme le
cramoisi, ils seront blanchis comme la neige.

Puis je me souvins d'un ou deux autres versets qui, je pensais, lui feraient du bien, et je les lui dis, agenouillé près de son lit, et ma bouche près de son oreille, car le canon grondait pendant tout ce temps, et l'on avait de la peine à se faire entendre. Sa figure s'éclairait en m'écoutant.

— Ce sont ceux qui sont venus de la grande tribulation et qui ont lavé leurs robes et les ont blanchies dans le sang de l'Agneau. Ils n'auront plus faim et ils n'auront plus soif, et le soleil ne frappera plus sur eux, ni aucune chaleur, car l'Agneau qui est au milieu du trône les paîtra et les conduira aux sources d'eaux vives, et Dieu essuiera toute larme de leurs yeux.

— Lavé! dit-il avec de longues pauses entre les mots, — lavé — aussi blanc que la neige — dans le sang de l'Agneau!

J'osais à peine regarder sa figure, rendue si blanche par l'approche de la mort, mais tout à coup, avec un grand effort, il attira Elsie près de lui et l'embrassa. Quand je la soulevai, un instant après, il était mort.

Une fois encore, Lisbeth et moi suivîmes un cercueil jusqu'au jardin. Quand nous y avions été précédemment, les fleurs y brillaient encore, et chacun avait sa tranquille tombe pour soi. Maintenant, on avait creusé une grande tranchée, et les cercueils y étaient placés les uns sur les autres, enterrés ensemble à la hâte et presque sans convoi funèbre. Les fleurs et les abeilles avaient disparu; le soleil, le ciel bleu, et pendant la nuit, les étoiles, res-

taient seuls les mêmes, et continueront à veiller sur
les tombes quand la mémoire de ceux qui ont péri
sera oubliée.

Je ne pouvais m'empêcher de me demander ce
que deviendraient la femme et les enfants du sergent et sa petite ferme sur la colline, qu'il avait
quittée seulement deux mois auparavant.

———

CHAPITRE XI.

Nous vivions donc dans les caves, sans autre lumière que celle de la lampe, et nous entendions de temps en temps des éboulements provenant des vieilles murailles si chères à notre pauvre grand'mère. Je crois que ses facultés commençaient à baisser, et ce n'est pas étonnant; elle parlait sans cesse du temps où elle était jeune femme et jeune mère, et m'appelait souvent du nom de mon grand-père ou de celui de mon père. Elle était agitée et inquiète chaque fois que je m'éloignais et pleurait amèrement pendant mon absence, me disait Gretchen, quoiqu'elle ne manquât pas, chaque matin, de me dire d'aller voir ce que faisait la cathédrale. Aussi je vis bien que mon devoir était de rester avec elle dans les caves humides et obscures, excepté lorsque quelque chose de nécessaire m'appellait au dehors; je sentais que c'était là ce que le Seigneur Jésus aurait fait à ma place.

C'était une vie très ennuyeuse, plus ennuyeuse qu'il ne m'est possible de le dire. Ce fut la partie du siége la plus pénible pour moi. Le sergent était mort et il n'y avait plus personne pour nous apporter des nouvelles soit d'un secours prochain, soit d'une capitulation. Sylvie était partie, et je ne pouvais pas en apprendre la plus petite chose, ni où elle était, ni comment elle se trouvait; elle était peut-être maintenant couchée dans quelque tombeau solitaire, perdue pour nous, comme Louise l'était pour son frère. Sans Elsie, je crois que je n'aurais pu supporter cette anxiété et notre emprisonnement. Elle était notre seule joie et notre seule consolation, et elle nous aidait à passer ces longues heures avec son gentil babil.

La petite veste fut bientôt terminée sous la direction de ma grand'mère, que rien ne calmait autant que d'avoir l'enfant assise sur un tabouret à ses pieds et tricotant sa petite veste pour le Seigneur Jésus. Cela Le rendait beaucoup plus présent au milieu de nous, et lorsque j'étais prêt à murmurer de ma pénible réclusion quand j'aurais tant aimé à être dans les rues, au fort du tumulte et même des horreurs qui les remplissaient, je n'avais qu'à regarder Elsie et son ouvrage pour me rappeler avec quelle bonté Jésus serait resté auprès d'une pauvre femme âgée et désolée. Certainement Elsie était le présent qu'il nous faisait quand tout le reste nous avait été enlevé. Gretchen elle-même la regardait quelquefois affectueusement, et lui faisait de temps en temps un petit gâteau pour l'encourager à manger quand son appétit commença à lui faire défaut.

Ce fut alors que je découvris les provisions secrètes de Gretchen sans lesquelles nous aurions souffert les angoisses de la faim. Dans l'obscurité de la dernière des caves on avait pratiqué, de manière à échapper à toute observation, une porte de quatre pieds de hauteur, ouvrant dans un petit caveau. Cela avait dû être construit avec la maison, il y avait environ trois cents ans, lorsque les siéges et les batailles étaient plus communs que de nos jours. Au moment où l'état de siége avait été proclamé, Gretchen y avait transporté des tas de pommes de terre, de carottes et de pommes, et elle avait rempli un grand coffre de farine qui commençait malheureusement à sentir un peu le moisi provenant de l'humidité, en dépit de l'épaisseur du coffre. Il y avait aussi des provisions de sucre, de vin et d'huile, de sorte que nous pouvions bien encore vivre avec cela un mois, et certainement le siége finirait avant ce temps! Je mis mon bras autour du cou de Gretchen et embrassai sa joue brune, car grâce à elle nous pouvions être sûrs de ne pas mourir de faim. Elle en fut si joyeuse qu'elle nous donna au dîner, à Elsie et à moi, outre notre portion, à chacun une pomme rôtie.

Cependant, notre complète réclusion et le manque de nourriture fortifiante commençaient à nous éprouver. Nos forces ne pouvaient se maintenir avec des pommes et des pommes de terre, et l'on ne pouvait se procurer de la viande fraîche ni pour or, ni pour argent. La maison de notre boulanger était détruite depuis longtemps, et l'on pouvait bien difficilement acheter du bon pain en ville. Notre farine était moisie et il n'y avait pas moyen de s'en procurer de l'autre, et pourtant des centaines de personnes auraient été bien heureuses d'avoir de la nôtre, si nous avions pu leur en donner. Gretchen faisait tout son possible pour rendre nos repas mangeables, mais il était difficile et dangereux de cuire, car nous n'avions naturellement pas de four dans les caves, et elle devait aller dans l'étage au-dessus pour préparer la nourriture.

Chaque jour, la misère, la famine et les morts augmentaient. Lisbeth nous dit qu'on manquait presque de tout ce qu'il faut dans les hôpitaux et que les malades devenaient pourtant toujours plus nombreux. Le jardin botanique ne pouvait plus contenir les tombes, et si le bombardement durait encore longtemps la ville ne serait plus qu'un amas de décombres peuplés de squelettes.

Un jour que j'avais été beaucoup plus tard qu'à l'ordinaire à la cathédrale et que j'avançais lentement et languissamment le long de la rue qui conduisait à l'entrée principale, je vis une foule de gens se pressant vers la porte sous la tour, pendant que quelques soldats qui y étaient stationnés faisaient tous leurs efforts pour les repousser. La plupart d'entre eux paraissaient sauvages et affamés comme ces pauvres garçons que j'avais vus se disputer pour un morceau de navet; ils se battaient en désespérés et se rendaient presque maîtres des soldats. Un homme se tenait près de moi, appuyé contre la muraille, sa main décharnée pressée sur son cœur, et il regardait le conflit avec des yeux hagards.

— Que font-ils? demandai-je.

— Ce sont des citoyens avec le drapeau blanc,

dit-il avec effort, le général Uhrich a refusé notre
pétition demandant de capituler, et ils veulent le
mettre eux-mêmes. Je crois que je mourrai aussitôt
que je le verrai.

Nous étions là, regardant de tous nos yeux, nous
et bien d'autres personnes encore, hommes et femmes, car nous pouvions suivre le conflit à mesure
que les combattants passaient devant les fenêtres
de la tour, en se frayant leur chemin toujours
plus haut. A la fin ils arrivèrent sur la galerie qui
s'étend le long de la façade ouest de la cathédrale,
et l'on vit flotter le drapeau blanc dans les airs
comme un petit nuage se dessinant sur le ciel. Nous
fîmes entendre alors un cri de triomphe, cri bien
faible pour le nombre des personnes qui le pous-
sèrent.

Je me hâtais vers la maison pour y apporter cette
bonne nouvelle, quand un hurlement de colère et
de désespoir, plus fort que le cri de triomphe, me
fit revenir en arrière. Le drapeau avait été arraché
et une troupe de soldats de la garnison venaient
d'arriver et dispersaient le rassemblement. Oh !
quel triste, quel cruel désappointement ! La foule
fut repoussée, les uns proférant de terribles malé-
dictions contre le général Uhrich, d'autres se la-
mentant et se tordant les mains comme des femmes.
Pour moi, je revins à la maison, le cœur presque
brisé, et je restai vis-à-vis de notre ancienne demeure, autrefois si heureuse et si paisible, regardant les ravages qui y avaient été faits. Elle était
là, les chambres ouvertes à la pluie et au vent, les

murailles, en partie renversées, et le reste, sur le point de tomber. Sur le fragment d'un de ces murs qui tenaient encore, était suspendu un tableau représentant le Christ sur la croix. Il me poursuivit toute la nuit suivante, car ma tête était un peu affaiblie et remplie d'idées étranges, et il me semblait toujours que le Sauveur était de nouveau crucifié à Strasbourg.

Mais le lendemain, à la fin de la journée, lorsqu'on allait ne plus pouvoir distinguer les objets, le drapeau blanc flotta de nouveau sur la tour de la cathédrale, et cette fois, personne ne l'en arracha. La nouvelle s'en répandit comme l'éclair dans toute la ville, et je ne sus jamais comment je l'appris. Tout ce dont je me souviens, c'est que j'entraînai Gretchen hors de la cave et pris Elsie dans mes bras pour leur montrer ce bienheureux drapeau. Des centaines de misérables créatures se traînaient hors de leur repaire, pâles et décharnées, pour lever les yeux vers la tour, puis se mettaient à pleurer, moitié de joie et moitié de chagrin. Peu de minutes après, le terrible grondement du canon cessa, et quoique nos oreilles, qui y avaient été si longtemps accoutumées, crussent toujours l'entendre, il avait bien fini, et il n'en restait pas même l'écho. Cette tranquillité extraordinaire nous empêcha de dormir, Gretchen et moi, la nuit suivante, mais ma grand'mère et Elsie dormirent paisiblement.

Les Allemands entrèrent à Strasbourg le lendemain matin, amenant avec eux de grands chariots de provisions qui avaient été préparés d'avance pour le moment où la ville se rendrait. Vous auriez dû voir la foule de toute espèce de personnes se pressant autour de ces chariots, les yeux étincelants et prêts à saisir le premier aliment qu'on leur mettrait entre les mains. Nos anciens amis de l'autre côté du Rhin ne nous avaient pas oubliés et n'étaient pas devenus nos ennemis. Les soldats eux-mêmes qui avaient fait tout ce qu'ils pouvaient pour nous détruire, étaient maintenant tout disposés à partager avec nous ce qu'ils possédaient. La soudaineté de ce changement était si inespérée que nous ne pouvions presque pas le supporter, nous pouvions à peine le croire; et une ou deux personnes âgées moururent de joie, dit-on, de ce que la misère et la terreur des derniers temps avaient enfin atteint leur terme.

Mais tout n'était pas fini pour moi. Une terrible frayeur m'attendait encore. J'avais laissé Lisbeth avec ma grand'mère qui était trop agitée et ébranlée pour pouvoir rester seule, tandis que Gretchen et moi avions été nous procurer un peu de nourriture fraîche; Gretchen revint à la maison quelques minutes avant moi, et je suivais avec du pain lorsque je vis Lisbeth montant l'escalier de notre cave tenant Elsie dans ses bras. Sur leurs têtes était suspendue une lourde pièce de bois qui avait été le dessus de la porte, et que les derniers jours du bombardement avaient complétement fait sortir de sa place. Elles atteignaient justement le niveau de la rue, et me virent accourir au-devant d'elles.

Elsie battit des mains, et la figure de Lisbeth était toute souriante quant tout à coup, avant que j'eusse pu rien faire pour les avertir ou les sauver, la poutre tomba et les fit disparaître à mes yeux.

Je ne sais pas comment j'arrivai là, et je vis Lisbeth, étendue, avec la petite tête d'Elsie pressée contre sa poitrine, et ses bras entourant l'enfant, la grosse pièce de bois brun était couchée sur elles deux. Le visage de Lisbeth était pâle et immobile et un demi sourire l'éclairait encore, je ne pouvais voir celui d'Elsie.

Je m'assis à côté d'elles, incapable de bouger, dans une agonie de douleur et de terreur comme je n'en avais encore jamais ressentie.

CHAPITRE XII

Avant que quelques minutes se fussent écoulées, la voix d'Elsie résonna à mes oreilles, douce et claire, et me fit l'effet de la voix de quelqu'un qui serait mort. Elle essayait de bouger et de mettre ses mains sur la figure de sa mère, et je vis alors que la poutre tout en les renversant ne les avait pas écrasées, car une de ses extrémités reposait sur une grosse pierre. Lisbeth n'était sans doute qu'étourdie et non pas tuée.

Mais je n'avais pas assez de force pour soulever cette grosse pièce de bois qui était en outre tellement confondue avec d'autres parties de la voûte qu'il aurait été dangereux de la remuer.

Je posai ma main sur la tête d'Elsie pour la tranquilliser.

— Reste sans bouger, ma petite Elsie, lui dis-je, et ne réveille pas ta maman. Sois tout à fait tranquille jusqu'à ce que je revienne.

Je me retournai me demandant où je trouverais le secours dont j'avais besoin, car chacun était absorbé par ses propres affaires, lorsque je vis — cela paraissait impossible — lorsque je vis mon père, debout vis-à-vis des ruines de notre maison, et les regardant, comme si elles pouvaient lui dire ce que nous étions devenus, Sylvie, sa mère et moi.

Ah! vous ne saurez jamais, vous ne pourrez jamais comprendre ce que ce fut pour moi que de le revoir après tous nos dangers et nos chagrins. Je me jetai dans ses bras et me crus au ciel pendant une minute ou deux. Mais il fallait délivrer Lisbeth et Elsie, et sans répondre à ses questions, je l'entraînai à travers la rue, vers l'endroit où elles étaient étendues. Les yeux de Lisbeth étaient ouverts et elle sourit quand je la regardai.

Il se passa bien une heure avant que nous pussions les retirer de dessous la masse des décombres, mais je ne les quittai pas et leur donnai à manger du pain que j'avais apporté. Quand enfin l'escalier fut débarrassé, nous descendîmes tous dans la cave où ma grand'mère et Gretchen étaient à moitié mortes de frayeur, se croyant enterrées vivantes et hors de la portée du secours qui venait d'arriver à Strasbourg. Mais tout allait bien maintenant, il n'y avait plus ni peines ni terreurs, et mon père était là pour prendre soin de nous tous.

Il était tombé malade pendant son expédition et dut revenir en Égypte où il apprit la nouvelle de la guerre entre la France et l'Allemagne; il s'était aussitôt hâté de venir à notre secours. Pendant les trois derniers jours il s'était tenu à Appenweier, une petite ville de l'autre côté du Rhin, regardant le terrible bombardement de la ville, et incapable de rien faire pour nous. La nuit précédente il apprit que le général Uhrich capitulait, et il était

venu aussi promptement que possible pour nous
emmener à Appenweier.

Quand cela fut fait et que ma grand'mère et
Gretchen furent installées dans une jolie demeure,
mon père et moi partîmes pour aller à la recherche
de Sylvie. Pour cela il fallait découvrir dans quel
endroit s'était réfugiée Mme Berthon, mais
comme son mari avait été conduit en Allemagne
avec les autres officiers, nous rencontrâmes bien
des difficultés. Enfin nous découvrîmes qu'elle était
à Bâle, juste à la frontière suisse, et nous remon-
tâmes la vallée du Rhin pour y arriver. On tra-
versait de vertes prairies, de riches champs de blé,
et des vignobles qui, faute de pouvoir être cultivés,
étaient devenus sauvages. Les arbres qui remplissaient cette belle vallée commençaient à se teindre
des couleurs de l'automne; c'était si tranquille, si
rempli de paix que je pouvais à peine le regarder
en pensant à ce que nous venions de souffrir à
Strasbourg, tandis qu'ici le soleil brillait, les oiseaux
chantaient, les fleurs s'épanouissaient comme dans
le jardin d'Eden avant que le péché de l'homme
l'eût changé. Nous étions dans le jardin d'Eden;
là-bas était l'endroit où Dieu avait dit : La voix du
sang de ton frère crie de la terre jusqu'à moi.

Nous trouvâmes enfin notre Sylvie; elle était pâle
et délicate, et tressaillait ou pleurait à chaque
bruit soudain; mais je crois que lorsque je la vis
pressée dans les bras de mon père, après tout ce
que nous avions souffert, je pus à peine supporter
ma joie. Il me semblait, mais j'hésite à le dire, que

J'eus alors un aperçu, un très petit aperçu, de la grande joie de notre Seigneur quand il se retrouva en la présence de son père. Comme j'étais assis à leurs pieds, les contemplant tous deux, il me revenait sans cesse à l'esprit ces paroles : — regardant à Jésus le chef et le consommateur de la foi — qui, à cause de la joie qui lui était proposée, a souffert la croix, méprisant l'ignominie, et s'est assis à la droite de Dieu.

Malgré tout ce qu'elle avait souffert, ma grand'-mère ne put se décider à nous accompagner à Londres. Depuis sa nouvelle demeure à Appenweier elle pouvait toujours voir la cathédrale qui était maintenant l'endroit qu'elle aimait le mieux sur la terre. On disait aussi que tous les bâtiments qui avaient été détruits allaient être reconstruits le plus tôt possible. A Strasbourg tout était maintenant parfaitement tranquille et en ordre ; les magasins et les marchés étaient rouverts, et autant que possible on faisait disparaître toutes les traces des ravages occasionnés par le bombardement. Mais les tombes étaient toujours là, ainsi que les maisons ruinées, et l'on pouvait presque dire de chaque famille comme de celles de l'Egypte : Il n'y avait pas une maison dans laquelle il n'y eût un mort.

Mon père, qui connaissait plusieurs hommes influents parmi les Allemands, n'eut pas de peine à obtenir un sauf-conduit qui lui permit d'aller dans les environs de Phalsbourg qui souffrait toujours les horreurs d'un siége comme avait été le nôtre. Nous allâmes alors, sur les collines des environs, à

la recherche de la petite ferme du sergent Klein,
où ses enfants attendaient et espéraient peut-être
toujours son retour. Mais de toute la contrée envi-
ronnante, des fermes isolées comme des hameaux
et des villages sur les montagnes, tous les habitants
s'étaient enfuis de devant l'armée ennemie avec
l'espérance de pouvoir peut-être y revenir une fois, à
la paix, mais le plus souvent avec des cœurs brisés
et désespérés. Nous ne pûmes trouver personne
qui connût la ferme ou la famille du sergent, et
quant au frère de la pauvre Louise, il était toujours
enfermé à Phalsbourg, ignorant, sans doute, la mort
de sa sœur.

Lisbeth dont tout l'avoir avait été détruit, pro-
mit volontiers de nous suivre à Londres pour venir
vivre avec nous.

Quelques jours auparavant, comme je pensais
à toutes ces choses, Elsie grimpa sur mes genoux et attira mon attention en me caressant la
joue. Elle tenait dans son autre main un paquet
enveloppé dans un papier argenté; elle l'ouvrit
gravement et me montra la petite veste toute finie,
et redevenue parfaitement propre et blanche. Mais
les lèvres de l'enfant tremblaient et elle avait de la
peine à retenir ses larmes.

— Max, me dit-elle, il ne me sera pas possible
de donner mon présent au Seigneur Jésus, quand
Noël arrivera.

— Pourquoi pas, Elsie? demandai-je.

— Parce qu'il est si loin, si loin dans le ciel,
dit-elle.

— Non, Elsie, répondis-je, il est ici, avec nous. Il a dit: je ne vous laisserai point orphelins, je viens dire à vous. Ainsi il vient souvent, il vient tous les jours; seulement nous ne pouvons encore voir sa face ni entendre sa voix.

— Je suis bien aise qu'il vienne, dit-elle d'un air plus gai; mais si nous ne pouvons le voir, comment lui donnerai-je sa petite veste?

Alors j'ouvris ma Bible dans laquelle Elsie commençait à lire, et je lui fis épeler ce verset:

— Tout ce que vous aurez fait à l'un de ces plus petits de mes frères, vous me l'avez fait à moi-même.

Elsie resta un moment immobile et pensive, la tête appuyée sur ses petites mains, puis elle les frappa l'une contre l'autre avec joie lorsque le sens de ce verset se fut présenté à son esprit.

— Max, me dit-elle, venez m'aider à trouver quelqu'un de ces petits frères de Jésus-Christ, et nous verrons si la petite veste peut lui aller.

Mais mon père ne voulut pas entendre parler qu'on la donnât; il dit à Lisbeth de la conserver précieusement en souvenir des six semaines du siége de Strasbourg, disant que quand Elsie serait devenue grande, elle comprendrait pourquoi on l'avait gardée. Je le comprenais à peine moi-même jusqu'à ce que mon père m'eût lu l'histoire de cette femme qui apporta son vase d'albâtre plein de parfums et le répandit sur la tête du Seigneur, ce que les disciples taxèrent de prodigalité, disant qu'on aurait mieux fait d'en donner le prix aux pauvres : Vous aurez toujours des pauvres avec vous, leur dit le Seigneur, et vous pourrez toujours leur faire du bien, mais vous ne m'aurez pas toujours. Elle a fait ce qui était en son pouvoir.

FIN.

www.ingramcontent.com/pod-product-compliance
Lightning Source LLC
LaVergne TN
LVHW020209030726
842520LV00003B/966